陰翳禮讚

谷崎潤一郎

劉子倩—譯

目次

陰騭禮讚

1

今日，喜歡修繕房子的人若要建造純日式的房子，往往會在架設水電瓦斯等管線時煞費苦心，努力設法讓那些設備與日本和室融為一體，即便是沒有蓋過房子的人，只要走進日本料亭或旅館的和室一看，通常也會發覺這一點。自以為是的茶人將科學文明帶來的恩澤視之度外，若是在偏僻的鄉下搭建草庵或許別有風味，但是既然攜家帶眷定居都市，縱使要標榜日本風情，也無法排除現代生活必要的暖氣及照明還有衛生設備。於是，窮講究的人連裝設一支電話都要苦惱半天，盡可能把電話安裝在樓梯底下或走廊角落這種不礙眼的地方。還有院子的電線也要埋設到地下，房間的電燈開關要藏在壁櫥或遮雨板旁，電線要繞過屏風後面等等，殫精竭慮之下，往往也會出現過於神經質的行為，反而令人不耐。實際上我們早已看慣電燈這種東西，與其多此一舉遮遮掩掩，倒不如裝上傳統的那種附帶淺碟型反光罩的乳白色玻璃燈泡，任由燈泡裸露在外反而更自然樸素。傍晚，從火車車窗眺望鄉村風景時，看到茅草屋頂的農家紙門背後，幽幽亮起如今被視為落伍的那種淺碟型燈罩的燈泡時，甚至覺得別有風雅之趣。但是說到電扇這種東西，無論聲音或外型，至今仍與日本和室格格不入。若是普通的家庭，不喜歡便不用也就是了，可是專做夏天生意的人家，不可能只顧著迎合主人個人的喜好。我的朋友身為偕樂園主人[1]，對於房屋裝潢也相當考究，他討厭電風扇，始終不肯在客房裝設，可是每年夏天都有客人抱怨，最後還是只好妥協。至於我自己，前幾年自不量力地投入大筆金錢蓋房子時，也有過類似的經驗，如果連瑣碎的建材或器具都要計較，會碰上種種困難。單就一扇拉門為例，基於個人喜好，我並不想鑲嵌

1 指谷崎潤一郎親密友人笹沼源之助，經營中華料理店「偕樂園」。

玻璃，可是話說回來，如果完全使用白紙，在採光及門戶安全等方面又會出問題。最後只好內側貼紙，外側鑲嵌玻璃。為此必須有表裡兩扇門框，因此費用也會增加，問題是就算做到這種地步，從外面看來也只是普通的玻璃門，從內側看來白紙的後面有玻璃，所以還是缺少真正的紙拉門那種朦朧的柔和感，反而顯得俗氣。直到那時我才後悔，早知如此還不如就用普通的玻璃門，但別人的問題尚且能夠一笑置之，自己遇上這種事，卻非得這樣吃虧碰壁才肯死心。近來市面上出現四角落地燈籠式、提燈式、八角式、燭台式等等適合日本和室風格的電燈器具，但我還是不滿意，特地去舊貨店找來古老的煤油燈和常夜燈及枕畔燈籠，改裝上燈泡。尤其費盡苦心的是暖氣的設計。因為凡是冠上「爐子」之名的沒有一個適合日本和室。而且瓦斯暖爐會發出嘶嘶燃燒聲，如果不裝上煙囪排氣還會立刻頭疼，就這點而言，即便是號稱最理想的電暖爐，外型也同樣殺風景。在矮櫃裡裝設電車使用的那種暖氣當然也是個方法，但是看不到紅紅的火焰，總會覺得少了點冬天的氣氛，一家團聚時也無法享受圍爐之樂。最後我絞盡腦汁，造了一個農家用的那種大爐子，裡面裝的是木炭形狀的電熱器，這樣無論是燒開水或溫暖房間都很方便，除了費用昂貴之外，就樣式而言姑且還算是成功。好了，暖氣的問題這下子雖然算是巧妙解決了，但接著傷腦筋的，是浴室和廁所。偕樂園主人討厭在浴缸和地板鋪磁磚，客人用的浴室是純木造，但就經濟與實用的觀點看來，無庸贅言，自然是磁磚在各方面更好。只是，當天花板、梁柱、拼木壁板等處使用了大量日本木材時，如果只有某一部分採用光鮮亮麗的磁磚，會與整體格格不入。剛完工的時候還好，等到再過幾年，木板與柱子的木紋韻味出來時，唯有磁磚白溜溜亮晶晶，就像是拿竹子接木頭。不過，浴室為了喜好尚可稍微犧牲幾分實用性，說到廁所，卻會發生更棘手的問題。

2

每次我去到京都或奈良的寺院時，被帶去傳統的、有點陰暗、而且打掃得非常乾淨的廁所時，總會深深感到日本建築的好處。茶室固然也很好，但日本的廁所更有安定精神之效。那種廁所必然與主屋分開，設在可以聞到綠葉及青苔氣味的綠蔭深處，必須沿著走廊走過去，但蹲踞在那幽暗的光線中，在紙門的微光反射下陷入沉思，或者眺望窗外庭院時，心情著實難以形容。漱石先生將每天早晨如廁視為樂趣之一，據說那毋寧是一種生理上的快感，但要體會那種快感，再沒有比寂靜的牆壁與清新的木紋環繞，可以望見藍天與綠葉色彩的日本廁所更好的場所。而且，容我再次強調，那種廁所必須具備某種程度的昏暗，徹底的清潔，以及連蚊子嗡嗡叫都聽得見的安靜這幾項先決條件。我就很喜歡待在這樣的廁所傾聽綿綿雨聲。尤其是關東地區的廁所，牆角邊通常有一個細長的洞口以便將灰塵掃出去，因此從屋簷及樹葉滑落的水滴，打在石燈籠底座上，濕潤踏腳石上的青苔，最後滲入泥土的溫潤聲響，近在身邊便可聆聽。適合蟲鳴，適合鳥叫，也適合月夜，誠乃體會四季不同風物之清寂況味的最佳場所。想必自古以來也有許多詩人墨客從此處得到無數題材的靈感。所以多少也可以說，日本建築中最風雅的莫過於廁所。我們的祖先善於將一切詩化，廁所本為住宅中最汙穢的空間，結果反而變成雅致的場所，與花鳥風月結合，瀰漫令人緬懷的聯想。和西方人劈頭認定廁所骯髒，甚至忌諱當眾提及的態度相比，我們遠遠更加明智，真正領悟風雅之精髓。硬要挑毛病的話，就是日式廁所因為與主屋分開，半夜上廁所較為不便，冬天尤其有感冒之虞，不過正如齋藤綠雨[2]所言，「寒風吹拂自風流」，那種場所還是

2 齋藤綠雨（1868-1904），明治時代的小說家、評論家。

跟戶外空氣一樣寒冷才舒服。飯店的西式廁所，只有暖氣的熱風撲面而來，那才真是難受。談到這裡，不惜重金建造日本房子的人，想必都是以這種日式廁所為最高理想，如果像寺院那樣，房子寬敞人卻不多，而且不愁沒人手打掃的地方還好，若是普通住宅，要那樣常保清潔並不容易。尤其地面如果鋪設的是木板或榻榻米，即使格外講求禮儀規矩，勤快地拿抹布頻頻擦拭，汙垢還是會很惹眼。於是，最後同樣也是要鋪設磁磚，裝設沖洗式水箱及馬桶，採用淨化裝置，這樣既衛生又省事，但相對地，也會與「風雅」及「花鳥風月」完全絕緣。倘若廁所採光如此明亮，而且四面都是雪白的牆壁，恐怕很難盡情享受漱石先生言及的生理快感。沒錯，一眼望去邊邊角角都純白無垢的確很乾淨，但是對於自己身體排出的穢物下落，也犯不著如此惦記吧？一如美人即使肌膚潔白無瑕，若將臀部或玉腿裸露人前還是很失禮；那樣大剌剌亮晃晃的實在不成體統，正因看得見的部分潔淨無瑕，難免也會刺激人們聯想到看不見的部分。像那種場所，還是籠罩在朦朧昏暗的光線中，分不清何處乾淨、何處不乾淨最好。因此，我在建造自家房子時，雖然裝設了淨化裝置，但我完全不用磁磚，地面一律鋪設楠木地板，試圖醞釀出日本風情，但最傷腦筋的是馬桶。因為眾所周知，沖洗式馬桶都是雪白的磁器打造，還附帶亮晶晶的金屬把手。若照我的要求，馬桶不管是男用或女用，都以木製為佳。塗蠟的當然最理想，但就算是沒有上蠟的原木，木材本身經過歲月風霜的洗禮也會散發出好看的烏光，木紋變得很有魅力，不可思議地鎮定神經。尤其是在木製的小便斗鋪上青翠杉葉，不僅好看也不會發出聲響，堪稱最理想。我雖無法那樣奢華，至少，我想按照自己的喜好打造器皿，應用於現代的沖洗式廁所，不過如果特別訂製那種東西，恐怕會耗費不少精力與金錢，因此只好悵然放棄。當時我感到的是，無論是照明或暖氣、馬桶，採納文明的利器我當然毫無異議，但我想強調的是，既然如此，何不稍微注重我們的習慣與品味生活，順應個人喜好稍加改良呢？

3

落地紙燈籠式的電燈流行，是因為大家又開始關注有段時期已被我們遺忘的「紙」類用品擁有的柔和與溫暖，足以證明大家已認同那比玻璃更適合日本房屋，但是關於馬桶與暖爐，至今市面上仍未推出與日本房屋風格一致的類型。暖氣好像還是如我所嘗試，在爐中裝設木炭型電熱器最為理想，卻連如此簡單的方法都無人肯嘗試（當然也有寒酸的電火盆，但那和普通的火盆一樣，取暖效果欠佳），談到市面現有的用品，全是那種醜陋的西式暖爐。但，在這種瑣碎的衣食住樣式上費盡心思其實很奢侈。想必也有人只要能熬過寒暑與飢餓煎熬，根本不在乎什麼樣式。事實上，即使再怎麼忍耐，「降雪依舊寒徹骨」[3]，因此眼前如有方便的器具，無暇顧及風雅不風雅，只想盡情沐浴那個恩澤，實乃不得已的趨勢，但我每次看到那種情形，總不免會想，如果東方能夠發展出與西方截然不同的、特有的科學文明，我們的社會風貌不知會與今日有多大的不同？比方說，如果我們有我們自己的物理學、化學，那我們應該早就據此發展出特有的技術與工業，在日常使用的各種機械、藥品、工藝品等方面，想必也早就製造出更合乎我們國民性的產品了。不，我想，就連物理學本身、化學本身的原理，都會和西方人的見解有所不同，關於光線、電力、原子之類的本質與性能，說不定也會呈現出與我們目前所學截然不同的型態。我不懂那些學理性的知識，所以只能漫無邊際地這麼想像，但至少，如果實用方面的發明走上獨創的方向，衣食住的樣式自然不消說，進而連我們的政治、宗教、藝術、企業等等型態也不可能不受到廣泛影響，不難推知，東方應該早已自行開創出另一片天地了。舉個淺近的例子來說，我曾在《文藝春

3 出自平安時代末期西行法師吟詠的短歌：「遺世出家身已空，降雪依舊寒徹骨。」

秋》撰文比較過鋼筆和毛筆，假設當初鋼筆是古代的日本人或中國人發明的，筆尖肯定不會用金屬頭而是毛製的。而且墨水也不會用那種藍色，應該會用近似墨汁的液體，並且設法讓它從筆桿往筆毛的方向滲出。如此一來，西洋紙那種東西會很不方便，因此就算要大量生產製造，需求最大的想必也會是類似和紙的紙質，或是像改良式宣紙那種紙張。紙張與墨汁、毛筆如果那樣發達了，鋼筆與墨水想必就不會有今日如此流行的盛況，自然也不可能有什麼以羅馬拼音取代漢字的「羅馬字論」發展的空間，對漢字與假名文字的喜愛想必也會更強。不，不僅如此，就連我們的思想與文學，或許也不會模仿西方到如此地步，早已突飛猛進開闢更具獨創性的新天地。如此想來，雖是微不足道的文具用品，影響所及卻是無遠弗屆。

4

思考這種事純屬小說家的幻想，我當然知道事已至此不可能讓時光倒流一切重來。因此我說這些，不過是癡人說夢，發發牢騷罷了，但牢騷歸牢騷，總之我們不妨好好思考一下我們與西方人相比到底吃了多大的虧。換言之，總歸一句話，西方是走上正確的方向才有今日的成果，而我們，遇上優秀的文明自然不可能不吸收，相對地，也開始走向與過去數千年來的發展截然不同的方向，也因此才會產生種種障礙與不便。不過我們當初如果放任不管，五百年前和今天說不定在物質上都不會有太大進展。不信且去中國或印度的偏遠鄉村看看，想必還過著與釋迦牟尼及孔子那個時代大同小異的生活。不過那想必也只是選擇了合乎我們天性的方向。而且雖然緩慢，好歹是在一點一滴持續進步，說不定哪天就會發明不是模仿他人而是真正適合我們自己的文明利器，足以取代今天的電車及飛機及收音機。說穿了，就算看電影，美國片與法國片、德國片在陰影及色調的調配也各有千秋。撇開演技或劇本情節姑且不論，光看攝影，多少便已顯現出國民性的差異。就連使用同樣的攝影機器與藥品與底片都還會這樣，我們若有自己的攝影技術，不知會多麼適合我們的膚色、容貌以及氣候風土。留聲機與收音機也是，如果是我們自己發明的，想必更能夠發揮我們的聲音與音樂的特長。本來我們的音樂就比較含蓄，講求氣氛本位，所以製成唱片或用擴音器放大後，便會喪失大半魅力。論及說話技巧亦然，我們的聲音小，又比較寡言，最重要的是我們在乎「留白」，可是碰上機械，「留白」會完全死掉。於是我們為了迎合機械，反而令我們的藝術扭曲得面目全非。反觀西方人，那本來就是他們發明的機械，因此自然可以隨心所欲地配合他們的藝術。在這點，我們著實吃了大虧。

5

據說紙張是中國人發明的，我們對於西洋紙，除了單純視為實用品之外別無感覺，但是看到唐紙與和紙的紋理，會感到一種暖意，令人心平氣和。即便同樣都是白色，西洋紙的白色也和奉書紙[4]或白唐紙[5]的白色不同。西洋紙的紙質有種反射光線的味道，可奉書紙與唐紙的質地，宛如綿柔的初雪表面，輕飄飄地將光線吸入其中。而且觸感也很柔軟，隨便怎麼折疊扭曲都不會發出聲音，宛如觸摸樹葉一樣安靜、溫潤。基本上我們看到亮晶晶的東西就會不安心。西洋人用的餐具都是銀製或鋼鐵、鎳製品，打磨得閃閃發亮，但我們討厭那種發亮的東西。我們雖然也會使用銀質的

4 奉書紙，以楮為原料的厚紙，自古以來用於官府公文，是高級和紙。

5 唐紙，仿照平安時代傳入的中國紙製成的紙張。白唐紙是將較粗的二級唐紙漂白而成。

水壺、杯子、酒壺這些東西，卻不會擦得那樣閃閃發光。反而刻意抹去表面的光亮，喜歡讓它產生時代感，甚至燒得烏黑。不解其趣的女傭把好不容易生鏽的銀器擦得亮晶晶遭到主人責罵，這是許多家庭都會發生的故事。近來，中國菜的餐具一般使用錫製品，想必中國人就是喜愛它帶有古色古香的味道。當它嶄新的時候很像鋁製品，給人的感覺不太好，但中國人要使用，就非得那樣醞釀出時代感，讓它變得風雅才甘心。而且表面雕刻的詩句，隨著它逐漸泛黑，也變得渾然天成。換言之，只要經過中國人的巧手，單薄發亮的錫這種輕金屬，就會變得像朱泥一樣有深度，變得沉鬱、厚重。中國人也愛玉石，不過，會對那種帶有異樣的淡淡混濁，彷彿將幾百年的古老空氣凝結為一，直到最深處都蘊含曖曖光輝的石塊感到魅力的人，想必不只是我們東方人吧？它沒有紅寶石與翡翠那種艷色，也沒有鑽石那種光芒，這樣的玉石究竟有何可愛，我們自己也不太明瞭，但是看到那種混濁的肌理，的確就像中國該有的石頭，彷彿是擁有漫長歷史的中國文明的渣滓堆積在那厚重的混濁中，中國人會喜愛那種色澤與物質，的確有道理。至於水晶，近來自智利大量進口，但和日本的水晶相比，智利水晶太清澈透明了。日本自古以來就有甲州產的水晶，透明之中，整體又帶有些微朦朧，感覺更厚重，這種水晶被稱為「含草水晶」，深層含有不透明的固體，毋寧更受我們喜愛。甚至是玻璃，中國人製造的「乾隆玻璃」，與其稱為玻璃，不也更近似玉石或瑪瑙嗎？東方雖然很早就懂得製造玻璃的技巧，卻始終不曾像西方那樣發達，陶瓷器之所以比較進步，顯然與我們的國民性有關。我們並非對發亮的物件一律厭惡，但是比起膚淺發亮的東西，我們更愛帶有沉鬱陰翳的質感。不管那是天然玉石還是人工器物，必然會令人聯想時代的光澤，是帶有混濁的光彩。不過時代的光澤這個說法倒是經常聽說，說穿了其實就是染上手垢的油光。中國有「手澤」這個說法，日本也有「なれ（習熟）」這種說法，意思是說長年累月被人用手摩娑，把一個地方摸得光溜溜，自然沁入油脂，形成那種光澤，所以換句話說也就是手垢。如此看來，在「寒風吹拂自風流」的同時，「風流來自不入流」的警語也能成立。總之不可否認的是，我們喜歡的「雅致」的確也有幾分不乾淨不衛生的成分。西方人非得將汙垢連根剷除才甘心，反之東方人會慎重保留，直接加以美化——如果要說這是死鴨子嘴硬的狡辯當然也可以，不幸的是，我們就是喜愛有人類體垢及油煙與風雨汙垢附著的東西，乃至會令人一併聯想的色調與光澤，住在那樣的建築與器物圍繞之中，心情反而會異樣祥和，神經變得安定。因此我每每在想，醫院的牆壁色調及手術衣還有醫療儀器，既然是給日本人用，除了那些亮晶晶與雪白的東西之外，何不添加幾分幽暗與柔和？如果放眼所見是砂壁之類的牆面，而且是躺在日本和室的榻榻米上接受治療，肯定能夠令緊張激動的病人平靜下來。我們討厭去看牙醫，原因之一就在於刺耳的聲音，另一個原因是玻璃及金屬製的晶亮物品太多，令人心生畏怯。在我神經衰弱最嚴重時，聽到美國回來的牙醫炫耀最新式的設備，反而只覺毛骨悚然。我寧可去找一個把手術室設在鄉下小都市會有的傳統日本房屋裡，看起來很落伍的牙醫師。不過話說回來，醫療機器如果太老舊固然令人困擾，但是近代醫術如果是在日本成長發展，那些治療病人的設備與儀器，想必也早就設法與日本和室的裝潢統一了。這也是我們借鏡西方反而吃虧的例證之一。

6

京都有間知名料理店叫做「草鞋屋」，這家店直到最近才在包廂裝設電燈，之前一直使用古典的燭台而出名，今年春天，我在睽違多時後前往，發現不知幾時已改用落地紙燈籠式的電燈。我問是從幾時改的，對方回答是去年。因為許多客人都抱怨蠟燭的燭火太暗，無奈之下只好改成這樣，但是客人若覺得還是以前那樣好，店家也會照舊提供燭台。好吧，我本來就是抱著那個期待而來，因此請店家替我換成燭台，當時我感到的是，日本的漆器之美，唯有在這種朦朧微光中，才能夠真正發揮。「草鞋屋」的包廂是二坪多一點的小巧茶室，壁龕旁的裝飾柱與天花板都發出烏光，因此只靠落地燈籠式的燈光照明當然會感覺光線陰暗。但，換成更暗的燭台後，在那燭火搖曳閃爍的光影下凝視餐盤與椀，就會發現那些漆器的光澤擁有沼澤的深度與厚度，醞釀出與之前截然不同的魅力。然後方知，我們的祖先發現漆這種塗料，對塗了那種漆的器物色澤產生好感絕非偶然。根據友人撒巴魯瓦魯君表示，印度至今仍視陶瓷餐具為鄙俗，多半使用漆器。而我們正好相反，除了茶會或儀式典禮之類的場合，餐盤與湯椀之外幾乎都用陶器，說到漆器，往往被視為粗俗、欠缺風雅之物，原因之一，或許就出在採光及照明設備帶來的「明亮」吧。事實上，如果不加上「幽暗」這個條件，簡直無法想像漆器之美。今日雖然也有所謂的白漆，但自古以來的漆器，都是黑色或褐色、紅色，而且是層層「幽暗」堆砌的顏色，彷彿是從籠罩周圍的暗影中必然誕生的產物。看著那些綴有華麗泥金工藝的晶亮塗蠟書信盒、書桌、架子，簡直光鮮亮麗得令人坐立不安，有時甚至感到惡俗，但如果把包圍那些器物的空白塗上整片黑暗，用一盞燈光或燭火取代太陽與電燈的光線，那種光鮮亮麗想必會立刻深深沉入底層，變得典雅、厚實。古代工藝家在那些器物塗漆，描繪泥金花樣時，必定是在腦海想像這樣幽暗的房間，企圖營造在光線昏暗中產生的模樣，之所以大量使用金色，想必也是事先考慮過它突顯在黑暗中的程度、反射燈火的明暗效果。換言之，泥金花紋圖案不是在明亮的地方一下子全部展露無遺，而是放在暗處，各個部分不時微微散發底光，豪華絢爛的花紋圖案大半都隱沒在黑暗中，反而勾起難以言喻的未了餘情。還有，表面那種晶亮的光澤，一旦放置在暗處時，映著款款搖曳的火焰，會讓人發現靜謐的室內原來也有風不時吹過，緩緩誘人陷入冥想。若那陰鬱的室內沒有漆器這種東西，則蠟燭與燈火醞釀出的光怪陸離的夢幻世界，隨燈焰搖曳而跳動的黑夜脈搏，不知會減去多少魅力。它彷彿在榻榻米上流過條條小溪，蕩漾清湛池水，只見處處皆可捕捉到一盞燈影，細微、柔弱、忽明忽滅，彷彿要替黑夜本身織出泥金似的花紋。陶器作為餐具的確不錯，卻缺乏漆器那種陰翳，沒有深度。而且陶器摸起來笨重冰冷，導熱快因此不適合盛裝熱的食物，還會鏗鏘作響；漆器則手感輕盈、柔和，不會發出刺耳的聲音。我最喜愛的，就是捧著湯椀時，手心承受的湯汁重量感，以及那熱呼呼的暖意。感覺甚至頗類似捧著剛出生的嬰兒肉嘟嘟的小身子。湯椀至今仍用漆器完全是有道理的，陶器就做不到那點。最主要的是，揭開蓋子時，若用陶器，碗中的湯汁材料與色澤會一覽無遺。用漆器做湯椀的好處，首先就在於揭開蓋子送到嘴邊之際，望著湯椀暗沉的底部，幾乎與容器本身的顏色毫無分別的液體無聲沉澱的瞬間感受。人們無法辨認湯椀中的暗色究竟藏著什麼，只能憑手上的感覺知道湯汁在款款蕩漾；椀沿微微冒汗，因此得知正有蒸氣冉冉升起，憑著那蒸氣帶來的氣味，尚未入口之前已預感到一絲風味。那一瞬間的心情，和拿著湯匙在白色淺碟舀來舀去的西式做法何等不同！那是一種神祕，甚至堪稱帶有禪味。

7

面對湯椀，椀彷彿要幽微沁入耳朵深處般吱聲一響，聽著那猶如遙遠蟲鳴的聲音，接下來要專心品嘗食物時，總感到自己被引入三昧之境。據說茶人會從滾水沸騰聲聯想尾上之松[6]風進入忘我境界，想必也是類似這樣的心情吧。人們常說日本料理不是用來吃而是用來看的，這種場合，我想說，不只是用來看更是用來冥想。而且那是在黑暗中明滅不定的燭火與漆器合奏出的無言音樂所致。漱石先生曾在《草枕》中讚美羊羹的顏色，

6 尾上之松，古老和歌吟詠的松樹之名。據說是在兵庫縣加古川市尾上神社。

如此說來羊羹的顏色不也同樣充滿冥想的色彩嗎？半帶透明晶瑩如玉的肌理，彷彿連最深處都吸收了日光，蘊含如夢似幻的微光，那種色調之深奧、之複雜，是西式點心絕對見不到的。奶油與之相比是何等膚淺、單純。但那種羊羹的色調，一旦放進漆器點心盤，沉入幾乎難以辨認表面色澤的黑暗中，會更有冥想氛圍。當人們將那方冰涼嫩滑含入口中時，就好像室內的黑暗化為一團甘甜在舌尖融化，本來其實沒那麼美味的羊羹，似乎也因此增添了異樣的深奧風味。想來無論在哪個國家，都會下功夫讓食物的色調與餐具的色彩或牆壁的色彩調和，若在明亮的場所用慘白的餐具享用日本料理，的確會令食欲減半。比方說我們每天早上喝的紅味噌湯，想到那個顏色，就會明白它是在古代昏暗的室內發展出來的產物。我曾受邀出席某個茶會，席上端出味噌湯，往日我都是不當回事地喝下那濃濁呈紅土色的湯汁，可是在明滅不定的燭光下，看著黑漆湯椀內的沉澱，不由感嘆那實在是引人食指大動的深奧顏色。此外如醬油，在京阪地區吃生魚片或醃漬醬菜、燙青菜時會用味道較重的「老抽」，那種濃稠帶有光澤的汁液是多麼富於陰翳，多麼與幽暗調和！還有白味噌、豆腐、魚糕、山藥泥、白肉魚生魚片這些白色質地的食物也是，如果周遭太明亮就無法烘托顏色。姑且不談別的，就說白飯吧，如果裝在閃閃發亮的黑漆飯鍋內，放在暗處，看起來會更美，也更能刺激食欲。猛然掀開飯鍋蓋子後，舀起剛煮好的雪白米飯，在冉冉散發的熱騰騰蒸氣中將它盛進黑色容器，看著它一顆一顆宛如珍珠瑩潤生光時，只要是日本人必然都會感到米飯的可貴吧。如此想來，便知我們的料理一貫以陰翳為基調，與幽暗這種東西有密不可分的關係。

8

我對建築完全是門外漢，但西方教堂的哥德式建築，據說要屋頂高聳尖起，頂端像要沖天而立才叫做美觀。反觀我國的伽藍寺院是在建築物上覆蓋大片屋瓦，將整體構造收入那屋簷形成的深廣陰影中。不只是寺院，宮殿與平民住宅亦然，外表看來最搶眼的，是以瓦片覆蓋或以茅草堆砌的大屋頂，以及屋簷下瀰漫的深濃暗影。有時，雖是白晝，簷下也有洞穴般的暗影盤據，甚至看不見門口與門扉、牆壁、梁柱。這點無論是知恩院與本願寺那樣的宏偉建築，或者草木深深的鄉下農家都一樣。昔日一般建築若比較屋簷以下及屋簷以上的屋頂部分，至少就肉眼所見，屋頂較沉重、堆砌、感覺面積較大。我們建造住處，最重要的就是張開屋頂這把大傘，在地面落下一廓日影，在那昏暗的陰翳中打造家屋。當然西方的房屋也不是沒有屋頂，但那不是為了遮蔽日光而是要遮擋雨露，因此光看外型也知道，他們盡量不製造陰影，努力讓更多的內部暴露在光線下。日本的屋頂若是傘，西方的就是帽子。而且是像獵帽那樣盡可能縮小帽簷，讓簷端直接承受日光的直射。不過日本房子的屋簷深長，應是與氣候風土、建築材料以及其他種種原因有關。比方說因為我們不用紅磚及玻璃還有水泥這些東西，因此才必須將屋簷加深以遮擋狂掃而來的風雨，對日本人來說，明亮的房間當然比昏暗的房間方便，只不過別無選擇吧。但，所謂的美，往往是從實際生活中發展出來的，我們的祖先被迫住在暗室，不知不覺從陰翳中發現了美，最後甚至為了美的目的利用陰翳。事實上，日本和室之美完全依賴陰翳的濃淡而生，除此之外別無它物。西方人看到日本和室，為其簡樸吃驚，感覺上室內好像只有四壁灰牆毫無裝飾。站在他們的角度來想這是理所當然的反應，但那只是因為他們不解陰翳之謎。我們會在陽光本就難以進入的和室外側，加上騎樓或簷廊更加遠離日光。而室內，只有院子日光的反射透過拉門微微潛入。我們的和室之美的要素，就在這間接的昏暗光線而已。我們彷彿是要把這無力、寂寥、縹緲的光線，安安穩穩滲入和室的壁面，於是故意將壁面塗上暗濁色的砂泥。倉庫或廚房、走廊這種地方會刷上有光澤的色調，但房間的壁面幾乎都是砂壁，難得閃現光澤。如果發出光澤，那種光線昏暗不明的柔弱感就會消失無形。我們喜歡看朦朧不清的室外光線，緊巴著夕暮昏黃色調的壁面勉強苟延殘喘的那種纖細微光。對我等而言，這種牆上的微光，或者說微暗，勝過任何裝飾，令人百看不厭。因此為了不擾亂那種亮度，把砂壁塗成一色的素面是理所當然，每個房間的底色雖稍有不同，但那差異是多麼細微啊！那與其稱為色調的差異，實則只是些微的濃淡差異，甚至堪稱是觀者個人的感受差異罷了。而且根據那牆壁顏色的微妙差異，每個房間的陰翳也會各自帶有不同的色調。不過我們的和室裡還有所謂的壁龕，用來裝飾掛軸或插花，但那些書畫與鮮花與其說本身扮演裝飾的功用，實則主要是替陰翳增添深度。我們即便只是掛一幅書畫，都要將那書畫與壁龕壁面的協調，也就是「襯托效果」放在第一位。我們之所以重視裝裱一如書畫本身的巧拙，其實正是這個原因，如果襯托效果不佳，那麼就算掛上知名書畫也會失去價值。反之，作品單獨看起來並非什麼傑作的書畫，掛在壁龕的牆上後，有時會和房間相得益彰，使得書畫本身與房間頓時更顯出色。這種書畫本身並不特別出色的掛軸到底有哪一點與房間協調呢？通常是因為紙質、墨色、裝裱的裂痕醞釀出的古色古香。那種蒼然古色與壁龕及房間的昏暗形成適度的平衡感。我們經常造訪京都與奈良的名剎，那些號稱鎮寺之寶的掛軸，會掛在庭院深處大書齋的壁龕展示，這種壁龕大抵連白天都光線昏暗，因此根本看不清畫的是什麼，只能一邊聆聽導覽人員的說明，一邊根據消褪的墨色痕跡想像那應該是一幅偉大的畫作，但那模糊的古畫與昏暗的壁龕搭在一起非常和諧，畫面的模糊不鮮明壓根不成問題，反而還覺得這種程度的不鮮明恰到好處。換言之，在這種場合，那幅畫只不過是用來承受朦朧微光的一個典雅的「面」罷了，純粹和砂壁是同樣的作用。我們選擇掛軸時特別注重歲月感與「寂趣」的理由就在於此，若是新畫，即便是水墨或淡彩作品，如果不多加留意，還是會破壞壁龕的陰翳。

9

如果將日式房間比喻為水墨畫，拉門就是墨色最淡的部分，壁龕是最濃的部分。我每次看到日式房間精心設計的壁龕，總不免感嘆日本人是多麼了解陰翳的祕密，在光影明暗的分別使用上是多麼巧妙。因為，其中並沒有什麼特殊的機關。簡而言之只是用清潔的木材和清潔的壁面構成一個凹陷的空間，讓引入其中的光線在凹陷空間的每個角落產生朦朧的陰影。即便如此，我們會望著填滿上方橫木背面、花器周圍、高低雙層裝飾架下方的幽暗，明知那只是平凡無奇的陰影，還是感到唯有那塊空氣好似凝然沉澱，被單獨抽離，永世不變的閒寂占領了那塊黑暗。想來西方人所謂的「東方的神祕」，大概就是指這種昏暗擁有的詭異靜謐。至於我們，少年時代凝視照不到太陽的茶室與書齋的壁龕深處，總會萌生莫名的恐懼與寒冷。而且那神祕的關鍵究竟何在？如果揭開謎底，那其實是陰翳的魔法，一旦把每個角落形成的陰影趕走，壁龕頓時會恢復平凡的空白。我們祖先的天才，就在於任意遮蔽虛無空間，自行創造陰翳的世界，形成任何壁畫或裝飾皆無法媲美的幽玄韻味。看似簡單的技巧，其實相當不易。比方說壁龕側窗的挖空方式、上方橫木的深度、框架的高度，不難想見每一樣都付出了肉眼看不見的苦心，尤其是書齋拉門那白濛濛的微光，令人不禁駐足在前忘卻時光的流逝。本來書齋正如其名，是在那個地方看書才設有那種窗子，曾幾何時卻演變成壁龕的採光來源，不過在大多數場合，那與其稱為採光口，毋寧是用拉門的白紙過濾側面射來的室外光線，藉此減弱光線。照亮那拉門背面的逆光光線，是多麼清冷，多麼帶有清寂的色調！當院子的陽光鑽過簷下，經過走廊，終於抵達壁龕時，已經無力再照亮物體，彷彿失去了血色，徒然突顯拉門的白紙那種慘白的顏色。我經常佇立在那拉門前，凝視雖然明亮卻毫無刺眼之感的紙面，若是大型寺院建築的室內，由於和院子的距離遙遠，光線變得更稀薄，春夏秋冬，不分晴雨，從早到晚，那種朦朧微光幾乎毫無變化。還有，紙門框架每一格形成的陰影，好似累積了塵埃，永遠沁入紙面堅定不移，令人好生訝異。這種時候，我總是眨巴著眼，對那如夢似幻的光線感到狐疑。彷彿有東西模模糊糊遮蔽眼前，令視力都變差了。那是因為白紙的反光，不足以趕走壁龕濃密的暗影，反而被暗影反彈回來，顯現明暗難分的昏昧世界。諸位進入這種房間時，難道不曾感覺室內瀰漫的光線似乎與普通光線不同，有種特別難能可貴的厚重感嗎？或者，對於「悠久」會萌生一種恐懼，只怕自己在那室內待久了會再也分不清今夕是何年，不知不覺歲月飛逝，再走出來時已成白髮老人？

10

諸位去那種大型建築最後方的內室時，可曾在室外光線已完全照不進來的黑暗中，見到金拉門與金屏風捕捉到數公尺之外的庭院餘光，如迷夢般朦朧反照？那種反照，如同傍晚的地平線，朝四下黑暗投以微弱的金光，但黃金本身想必從未像那一刻顯現如此沉痛的美感。而且，有時當你從那前面經過又一再回頭審視，會發現隨著自己從正面走向側面，金色紙張的表面會緩緩閃現輝煌的底光。那絕非匆促的瞬間閃爍，倒像是巨人變臉色，過了很長時間才倏然發光。有時，梨皮狀金箔前一秒似乎還在反射昏睡般的晦暗光芒，一走到側面，卻見它好似熊熊燃燒般閃耀，令人感到很不可思議，這麼陰暗的地方何以能夠蒐集到這麼多的光線？於是我這才恍然大悟古人替佛像漆上金身，或是在貴人起居的房間四壁貼上金箔的用意。現代人住在明亮的屋子，不解黃金之美。但，古人住在昏暗的房子，不僅被那美麗的色澤魅惑，想必也早已發現它的實用價值。它在缺乏光線的屋內，肯定還扮演了聚光鏡的功能。換言之，古人並非一味追求奢華才使用金箔與金沙，應該是利用那個的反射作用彌補光線的不足。若果真如此，銀子及其他金屬很快就會消褪光澤，唯獨黃金可長保光輝照亮室內的晦暗，也難怪會受到異樣的重視。前面我也提過，泥金工藝就是做來讓人在暗處欣賞的，如此說來，不只是泥金工藝，古時候的布料大量使用金銀線，想必也是基於同樣的理由。僧侶穿的金線織花錦緞袈裟，不就是最好的例子嗎？今日坊間許多寺院大抵為了迎合大眾將正殿弄得十分明亮，因此在那種地方，袈裟徒然顯得富麗堂皇，即便穿在得道高僧身上也難以令人肅然起敬，但若出席歷史悠久的寺院遵循古禮舉辦的法會就會發現，滿臉皺紋的老僧膚色，與佛前燈火的明滅，以及那金線織花錦緞袈裟的質地，是多麼和諧，增添了多少莊嚴感。之所以會如此，也跟泥金工藝一樣，是因為華麗的布料花紋大部分都隱沒在晦暗中，只有金銀線不時閃現一絲微光。還有，這或許是我個人的感覺，但我總覺得能樂的衣裳最能夠烘托日本人的膚色。無庸贅言，那種舞台裝多半極為絢麗耀眼，大量使用金銀材質，而且穿著那種舞台裝出場的能樂演員，雖未像歌舞伎演員塗抹白粉，但日本人特有的帶著紅暈的褐色肌膚，或是偏黃的象牙色素顏，卻在那一刻發揮最大的魅力，令我每次去觀賞能樂總是為之嘆服不已。金銀線織成的衣料與點綴刺繡的掛子極襯膚色，墨綠色與朱柿色的素襖、晴雨兩用便服、打獵衣、白色素面窄袖衫、寬袴等也與膚色非常協調。偶爾碰上美少年能樂演員，肌膚紋理細膩還帶有青春光華的臉頰色澤也因此被襯托得更加俊美，似乎另有一種與女人肌膚不同的蠱惑，難怪古代的諸侯王公會沉溺於孌童的容色，的確有其道理。至於歌舞伎方面，雖然歷史戲碼及舞蹈場面的華美衣裳也不遜於能樂，在性魅力方面更是遠遠凌駕於能樂之上，不過看多了此二種演出後，想必會發現事實正好相反吧。偶爾一見時當然是歌舞伎更性感，也更綺麗，但是昔日姑且不論，如今改用西式照明的舞台上，那種華麗的色彩一不小心就會淪為庸俗，看不了多久就膩了。舞台衣裳固然如此，化妝亦然，縱然是為了追求美感，如果純粹是畫出來的臉皮，還是不會有天生麗質的真實美感。相較之下，能樂演員的臉孔、脖頸、雙手都是脂粉未施本色演出。因此眉目之間的旖旎艷色是那個人本來所有，完全沒有欺瞞我們的眼睛。是故在能樂演員方面，即便乾旦或小生素顏登場也不可能令觀眾掃興。我們所感到的是，與我們擁有同樣膚色的他們，穿著乍看並不合適的武家時代[7]花俏衣裳時，容顏看起來是如何更加惹眼。我曾在《皇帝》這齣能樂中，看到扮演楊貴妃的金剛巖[8]，至今難以忘懷他從袖口露出的雙手之美。我看著他的手，忍不住審視自己放在膝上的雙手半晌。他的手看起來那麼美，想必是因為從手腕至指尖的微妙擺動方式，以及帶有獨特技巧的手指動作，即便如此，那種膚色，那種宛如自內在煥發朦朧光彩的光澤，還是令我深感疑惑不得其解。不管怎麼說，那畢竟是隨處可見的普通日本人的手，和我放在膝上的手在膚色光澤上毫無不同。我再三比較舞台上金剛氏的手與自己的手，但不管怎麼比較還是一樣的手。然而不可思議的是，同樣的手，在舞台上美麗得妖異，在自己的膝上卻只是平凡無奇。這種情形不只是出現在金剛巖身上。在能樂演出時，露在衣裳外的肉體僅有些微部分，不過是臉孔、領口，以及手腕至指尖那一小截，像楊貴妃那樣戴著面具的角色甚至連臉孔都遮住了，然而那些微部分的色澤卻令人留下異樣深刻的印象。金剛氏尤其如此，不過基本上絕大部分演員的手都是，雖為平凡無奇理所當然的日本人之手，卻發揮了穿戴現代服裝時無法察覺的魅力，令觀者目瞪口呆。我要再次重申，那絕對不只限於美少年或美男子演員。比方說，平常我們絕不可能被普通男人的嘴唇吸引，但在能樂的舞台上，那暗紅色的濕潤雙唇，帶有比

7 武家時代，武士掌握政權的時代。鎌倉時代至江戶末期約六百八十年。

8 金剛巖（1886-1951），關西地區能樂界的首領。

女人塗抹口紅更肉感的艷色。這一方面想必是因為演員為了唱歌始終以唾液潤唇，但原因顯然絕非僅止於此。還有，飾演小孩的演員臉頰潮紅，那種紅潤，看起來著實鮮豔奪目。以我看戲的經驗，穿著綠色系底色的舞台衣裳時感覺尤其強烈，因此膚色白皙的兒童演員自不消說，坦白講，膚色黝黑的兒童演員，那種紅潤的特色反而更搶眼。為什麼呢？因為膚色白皙的兒童紅白對照過於鮮明，搭配能樂衣裳的暗色調難免使效果太過強烈，可如果是膚色較黑的兒童那種暗褐色臉頰，紅色就沒有那麼搶眼，衣裳與臉孔可以互相烘托。典雅的綠色，低調的褐色，兩種濁色相互輝映，黃種人的膚色這時候最占便宜，再次令人耳目一新。這種色彩調和創造出的美感我還不曾在別處見過，如果能樂像歌舞伎一樣採用現代照明，那些美感恐怕會因為光線的關係悉數消散。因此能樂舞台保持自古以來的幽暗，是根據必然的約定俗成。至於建築物本身也是愈古老愈好。地板帶有自然的光澤，柱子與鏡板閃著烏光，從橫梁到簷角的陰影彷彿一座大吊鐘般籠罩在演員的頭上，這樣的舞台場所最適宜能樂表演。就這點而言，近來能樂開始登上朝日會館及公會堂表演，固然是好事，但恐怕也令真正的韻味流失一半以上。

11

話說回來，與能樂密不可分的這種幽暗，以及從中產生的美感，在今日，當然是舞台上才見得到的特殊的陰翳世界，但在過去，想必與真實生活並沒有那麼大的差距。因為能樂舞台的幽暗即是當時住宅建築的幽暗，而能樂衣裳的花色與色調，雖然多少比真實衣物華麗幾分，但大體上，應該與當時的貴族公卿的衣著相同。我只要一想到這點，就會忍不住想像昔日的日本人，尤其是戰國及桃山時代衣著豪華的武士，和今日的我們相比，不知看起來會有多麼俊美？於是不禁心醉神馳。能樂將我們同胞的男性之美以最高潮的形式展現，因此遙想古代馳騁戰場的武士，風吹日晒顴骨突起的紫黑色臉膛，穿上具有那種底色與光澤的素襖或大紋長袍、武士禮服的模樣，必然威風凜凜又肅穆莊嚴。但是欣賞能樂的人，享受的是沉浸在那種聯想中，想到舞台上的色彩世界曾經那樣真實存在過，這正是演技之外令人大發思古幽情的趣味。反之，歌舞伎的舞台徹頭徹尾是虛偽世界，和我們的本質之美無關。男性美自然不消說，就連女性美亦然，難以想像古代的女人會是現在舞台上那個樣子。能樂中的女性角色戴著面具因此實際上很有距離感，可是歌舞伎戲劇男扮女裝的乾旦我們看了也同樣不會湧現真實感。這完全是因為歌舞伎舞台太明亮，在沒有近代化照明設備的年代，歌舞伎戲劇是靠著蠟燭與油燈勉強照亮，當時的乾旦，或許還比較接近真實人物吧。對此，有人批評近代歌舞伎戲劇已無昔日那種女性化的乾旦出現，這倒不一定得歸咎於當代演員的素質與容貌。昔日的乾旦如果站在今日這種明亮的舞台上，男性化的稜角線條肯定很惹眼，昔日不過是因為有晦暗陰影適度予以隱蔽罷了。我看到晚年的歌舞伎名角梅幸扮演的阿輕[9]時，尤其痛切感到這點。消滅歌舞伎之美的，我認為正是無意義的過度照明。據我聽大阪某行家表示，文樂的淨琉璃人偶劇在進入明治時代後仍有很長一段時間繼續使用油燈，那時遠比現在更有裊裊餘情。至今我仍認為那種人偶比歌舞伎的乾旦更有真實感，的確，若是在昏暗的油燈光線下，人偶特有的僵硬線條也會消融，油亮的白漆光澤也會變得模糊，不知顯得多麼柔和。幻想著當時舞台的淒絕之美，我不由心生寒意。

12

眾所周知，在文樂的淨琉璃人偶劇中，女人偶只露出臉孔與手指。身

9 阿輕，歌舞伎、淨琉璃《假名手本忠臣藏》中的悲劇角色。

體和腳尖皆被長長的衣裳包裹，因此人偶師只要把自己的手伸進人偶內操縱動作即可，但我認為這樣的人偶最貼近真實，古時候的女人就是只露出領口以上與袖口至指尖的部分，其他悉數隱藏在黑暗中。當時，中等階級以上的女人大門不出二門不邁，即使出門也是深藏在車轎裡絕對不會在街頭拋頭露面，可以說大抵都關在昏暗屋內的一室，不分晝夜始終將五體埋藏在幽暗中，單靠臉孔彰顯存在感。因此在衣著方面，男人比起現代更華麗，女人卻非如此。舊幕府時代的商家姑娘與婦人驚人地樸素，簡而言之，那是因為衣裳也是暗影的一部分，只不過是用來連接暗影與臉孔。當時用鐵漿染黑牙齒的化妝方式，就其目的來考量，或許也是想把臉部以外的空隙悉數填滿黑暗，所以才連口腔內也啣著黑暗。今日，那種婦人之美，除非去花柳街島原的角屋那種特殊場所，否則不可能實際見到。但我想到幼時，母親在日本橋的住家內室靠著院子微弱的光線做針線，多少可以想像昔日女人應該都是那個樣子。當時，說來那是明治二十年左右的事——直到當時為止，東京的住宅仍是光線陰暗，我的母親、伯母以及親戚們，總之那個年紀的女人大抵都染黑牙。衣著方面，平日的便服我沒印象，但出外作客時往往穿的是灰色綴有小型徽紋的和服。我母親個子矮，甚至不足五尺，但並非只有我母親矮，對當時的女人而言那個高度似乎很普通。不，說得極端點，她們可說幾乎沒有肉體。除了母親的臉和手，我只隱約記得她的腳，對她的胴體毫無記憶。於是我想起的，是中宮寺那尊觀世音的胴體，那或許才是昔日的日本女人最典型的裸體像。乳房單薄如紙片，平板的胸部，比胸圍還小一圈的貧瘠腹部，毫無凹凸的筆直背脊與腰臀的線條，這樣的胴體若與臉孔及手腳相比簡直細瘦得過分，毫無厚度，與其說那是肉體，不如說像是一根桿子，然而昔日女人的胴體不都是那種樣子嗎？甚至時至今日在舊式家庭的老夫人或藝妓中，不時仍可見到擁有那種胴體的女人。而我看到那種體型，就會想起操縱人偶的軸心棒。事實上，那種胴體只是用來披掛衣裳的桿子，除此之外什麼也不是。構成胴體的，是層層包裹的衣服與棉花，如果剝下衣裳，就會跟人偶一樣只剩下醜陋的軸心棒。但，以前那樣沒問題，住在陰暗中的她們，只要有張還算白皙的臉蛋即可，胴體不是必要的。想來，謳歌明朗的現代女性肉體美的人，恐怕難以想像這種女人鬼氣森森的病態美。或者，也許有人會說，靠著昏暗光線唬弄人的美不是真正的美。但正如前面也提過的，我們東方人善於在平凡無奇之處製造陰翳來創造美感。有首古老和歌吟詠，「撿拾枝梗結柴為庵，拆解之後復歸野原」，我們的思考方式正是如此，美不在於物體本身，而是在物體與物體形成的陰翳、明暗。一如夜明珠如果放到暗處會煥發光彩，曝晒在白日之下卻失去珠寶的魅力，離開了陰翳的作用，美也將不再是美。換言之，我們的祖先，對待女人一如對待泥金或螺鈿鑲嵌的器皿，與黑暗密不可分，盡量讓全體沉入幽暗中，用寬袖長袍把手腳包裹在陰影中，只讓一個部位——腦袋，格外顯眼。的確，那種欠缺勻整的扁平胴體，和西方婦女比起來想必不堪入目。但我們毋須思考看不見的東西。看不見就等於不存在。硬要窺看那種醜陋的人，就像是拿一百燭光的電燈對著茶室的壁龕，自己趕走了那裡的美。

13

然而，這種在陰暗中追求美感的傾向，為何只有在東方人身上特別強烈？西方照理說來也有過沒電沒瓦斯更沒有石油的時代，但孤陋寡聞的我，從未聽說他們有喜好陰影的習性。自古以來日本的鬼魂一律沒有腳，而西方的鬼魂據說雖有腳卻全身透明。從這種微不足道的小事便可知道，我們的幻想經常帶有漆黑的暗影，他們的幽靈卻像玻璃一樣剔透明亮。另外在日常使用的各種工藝品上，我們喜好的色彩若是幽暗的堆砌，他們喜好的就是陽光重疊而成的顏色。銀器與銅器也是，我們喜愛生鏽的，他們卻覺得那樣不乾淨不衛生，務必擦拭得亮晶晶。他們甚至在室內也盡量不製造陰影，天花板與周圍的壁面都是淺色的。在園藝方面亦然，我們喜歡林蔭深深的樹叢，他們卻是大片平坦的草皮。這種喜好上的差異是根據什麼產生的呢？想來，我們東方人習於在置身的境遇中尋求滿足，傾向安於現狀，因此對於陰暗不覺有何不平，只會認命地當作莫可奈何，光線不足就不足，反而沉潛於那種陰暗，從中自行發現美感。然而積極進取的西方人，卻總是渴求更好的狀態。從蠟燭改為油燈，從油燈改為瓦斯燈，再從瓦斯燈改為電燈，他們不斷追求光明，那怕是一丁點的暗影也煞費苦心驅逐。想必這種性格上的差異是原因之一，但我認為，膚色的不同也值得考慮。我們從以前就認為膚色以白為貴，也更美，但白種人的白和我們的白究竟有何不同？如果一人一人近看，好像也有比西方人更白的日本人，以及比日本人更黑的西方人，但那種白與黑的情況不同。這是我個人的經驗之談，以前我住在橫濱的山手地帶，朝夕與外國人居留區的西方人一同玩樂，去他們出入的宴會廳及舞廳遊玩時，在旁邊看著並不覺得他們有那麼白，但是如果遠觀，他們與日本人的差別頓時一目了然。日本人之中當然也有女性穿著不比他們遜色的晚禮服，膚色比他們還白，但這種婦女只要有一人混跡在他們之中，從遠處一眼望去時立刻就能辨認出來。因為日本人不管再怎麼白，白皙之中還是帶有些微陰翳。可是這種女人不甘心輸給西方人，從背部到上臂乃至腋下，裸露在外的身體全都塗抹厚重的白粉，可即便如此，還是無法遮掩皮膚底層沉澱的暗色。就像自高處俯瞰清冽的水底時沉積的汙物當下一覽無遺，一眼便看得出來。尤其是手指縫或鼻翼周圍、脖頸、背脊，總有黑黑的暗影，彷彿蒙上灰塵。可是再看西方人，即便表面看似混濁底層還是透出明亮，全身上下沒有任何那種晦暗的陰影。從頭頂到指尖，是沒有絲毫混雜感的清新潔白。所以我們日本人如果有一個混入他們的聚會中，就像白紙上染了一點墨漬，即便是我們看來也會覺得那人很礙眼，感覺不太舒坦。如此看來，多少可以理解昔日白種人排斥有色人種的心理，在白人當中特別神經質的人就連社交場合出現的一點汙漬——一、兩個有色人種，恐怕都看不順眼。說到這裡，今日如何我不清楚，但在迫害黑人最嚴重的美國南北戰爭時代，他們的憎恨與輕蔑不只針對黑人，據說也遍及黑人與白人生的混血兒，混血兒與混血兒生的混血兒，混血兒與白人生的混血兒等等。他們會斤斤計較那是二分之一的混血兒，還是四分之一的混血兒，或者八分之一、十六分之一、三十二分之一的混血兒，那怕只是一丁點黑人血脈，他們也要追究迫害到底才罷休。即便是乍看之下與純種白人無異，只不過是二代或三代之前的祖先出現過一個黑人的混血兒，他們執拗的視線，也不會放過潛藏在那雪白肌膚中的些許色素。因此，這麼一想，便知我們黃種人和陰翳有多麼深的關係。沒有人喜歡把自己擺在醜惡的狀態，因此我們在衣食住方面使用暗色的日用品，試圖讓自己沉浸在昏暗的氛圍中自是理所當然，這並不是因為我們的祖先自覺皮膚帶有陰翳，也不是因為他們知道還有比自己更白的人種存在，只能說，是他們對色彩的感覺自然而然造成那樣的喜好。

14

我們的祖先，將光明的大地區隔成上下四方，首先製造出陰翳的世界，再把女人關進陰影的深處，大概就此認定那是這世上膚色最白皙的人。如果膚色白皙是理想女性美不可或缺的條件，站在我們的立場只能這麼做，而且這麼做也沒啥不對。白種人的髮色淺而我們的髮色暗，是大自然在教導我們黑暗的法則，而古人在無意識之中，就已自動遵循那個法則讓黃色的臉孔顯得更白淨亮眼。前面我曾提到染黑牙齒，其實古代女人把眉毛剃光，不也同樣是讓臉孔更亮眼的手段嗎？而我最嘆服不已的，就是那種閃著虹彩光澤的藍色口紅。今日就連祇園的藝妓幾乎都已不再使用了，但是如果不想像蠟燭微光的明滅不定，就無法理解那種口紅的魅力所在。古人故意將女人的紅唇塗得青黑，而且還鑲上螺鈿裝飾。從豐豔的臉龐奪走一切血色。我只要想到在燈影闌珊處，年輕女子宛如鬼火的蒼藍雙唇之間不時閃現漆黑的牙齒嫣然一笑的情景，就再也想像不出比那更白的臉孔。至少在我腦海描繪的幻影世界中，那種白遠甚於任何白人女子的白。白種人的白，是透明的、一目了然、隨處可見的白；前者的白卻是一種脫離人間的白。或者說那種白，實際上並不存在。也許那只是光與影醞釀出的惡作劇，只限於當下那一瞬間。但我們不在乎。我們並不奢求更多。在此，除了那種臉孔的白皙，我也想談一下圍繞那臉孔的幽暗色彩，幾年前，我曾接待東京的訪客去島原的角屋遊覽，記得當時看到令我永生難忘的暗影。那是在日後失火燒毀的「松之間」這個寬敞的和室，僅有燭光照亮的室內之幽暗，與小房間的晦暗程度與濃度大不相同。正好就在我走進房間時，剃光眉毛染黑牙齒的年長女服務生，守著燭台恭敬跪坐在大型屏風前，但在屏風前那僅有二張榻榻米面積的光明世界後方，彷彿自天花板垂掛幢幢暗影，高大，濃稠，籠罩天地一色的幽暗黑幕，微弱的燭光無法穿透那個厚度，倒像是被黑壁阻隔般反射回來。諸位可曾見過這種「被燈火照亮的黑暗」？那是與走夜路時的黑暗有點不同的物質，比方說，看起來好似充滿了粒粒蘊含虹光、宛如細小灰塵的芥子微粒。我懷疑它是否會鑽入我的眼中，不禁拼命眨眼。今日普遍傾向於縮小房間的面積，蓋的都是五坪、四坪、三坪的小房間，因此就算點蠟燭也再難見到幢幢暗影；而昔日的宮殿或青樓卻是天花板挑高，走廊寬闊，幾十坪的大房間是普通規格，那種房間想必隨時有這樣的暗影如霧籠罩。而且那些高貴的淑女，想必徹底浸淫在那暗影的汁液中。我在《倚松庵隨筆》也提過這點，現代人早已習慣電燈的光明，已經忘記曾有過這種暗影。尤其是屋內「肉眼可見的暗影」，彷彿忽閃忽閃地正要籠罩過來，很容易引發幻覺，因此有時比室外的黑暗更可怕。所謂的魑魅魍魎或妖魔鬼怪想必就是活躍於這種黑暗中，而在那黑暗中帷幕深鎖，生活在重重屏風與拉門圍繞下的女人，其實也是那些魑魅的眷屬吧？十幾二十層的黑暗團團包圍那些女人，想必填滿了領口、袖口、裙裾交疊的縫隙乃至所有空隙。不，說不定，黑暗反而是從她們的身體，從那染黑牙齒的口中與烏黑的髮梢，像蜘蛛精吐出的蜘蛛網一樣被吐出亦未可知。

15

前幾年，武林無想庵[10]自巴黎歸來後表示，與歐洲的都市相比，東京及大阪的夜晚顯得格外燈火通明。在巴黎，即便是香榭大道的中央也有人家點的是煤油燈，可是在日本，除非去深山野嶺否則找不到那種人家。想必全世界最奢侈使用電燈的國家就是美國與日本吧。這也表示日本是個事事都喜歡模仿美國的國家。無想庵這番話是四、五年前說的，當時霓虹燈尚未開始流行，所以這次等他回來，看到日本變得更加燈火輝煌一定會大吃一驚吧。另外，我也曾聽發行《改造》雜誌的山本社長說，他以前帶愛因斯坦博士去京都遊覽時，途中搭乘火車經過石山一帶，博士望著窗外的景色說，「啊，那裡有很浪費的東西。」仔細一問，原來他是指那邊的電線桿還是什麼的大白天開著電燈。「愛因斯坦是猶太人所以大概對這種事特別計較。」山本氏如此注解，但美國姑且不論，和歐洲相比，日本肆無忌憚地使用電燈好像的確是事實。說到石山還有一樁可笑之事，我左思右想今年秋天該在何處賞月才好，最後決定去石山寺，結果中秋夜的前一天，報紙報導說石山寺為了替明晚賞月的客人助興，特別在林間架設擴音器，要播放月光奏鳴曲給大家聽。我看了報紙急忙取消石山之行。擴音器固然傷腦筋，更重要的是我猜想，以那種樣子看來那座山肯定到處都有電燈及燈飾，弄得非常熱鬧。之前記得也曾因此取消賞月，那是某年的中秋夜，本想去須磨寺的池塘泛舟，召集同好拎著野餐盒去了一看，池塘周圍

10 武林無想庵（1880-1962），本名磐雄，小說家、翻譯家。

熱鬧地掛滿五顏六色的燈飾，月亮為之黯然失色。仔細想想，近來的我們好像已對電燈麻痺，對於過度照明引起的不方便意外變得麻木無感。賞月的場合還無所謂，可是茶室、料亭、旅館、飯店都太浪費電燈了。或許為了招攬客人有幾分必要，但是夏天天色還很亮就點燈不僅浪費電也會很熱。夏天時我不管去哪都很受不了這種現象。戶外明明很涼快，室內卻熱得要命，幾乎百分之百都是因為電力過強或電燈過多，只要試著關掉部分電燈立刻就會涼快不少，但客人與主人居然毫無所覺，簡直不可思議。本來室內的燈火，就該冬天稍亮夏天稍暗。那樣能帶來清涼感，更不會有昆蟲飛來。然而人們卻無謂地開燈，然後又抱怨太熱，大開電風扇，光是用想的都覺得自找罪受。不過若是日本和室，熱氣會從旁散去所以還能忍耐，可飯店的西式房間不僅通風不良，天花板、牆壁、地板吸收熱氣後會從四面反射回來，實在受不了。舉這個例子有點抱歉，但曾在夏日晚間去過京都的都飯店大廳的人，或許會對我這個說法心有戚戚焉吧？那裡位於面北的高地，一眼望去，比叡山與如意嶽與黑谷的高塔、森林及東山一帶的翠巒盡收眼底，是令人心曠神怡的好景致，但也因此更令人遺憾。夏日傍晚，難得想好好享受一下山明水秀的爽快氛圍，於是仰慕滿樓涼風特地前往，卻見白色天花板上到處鑲嵌乳白色玻璃蓋，刺眼的燈光在裡面熾烈燃燒。由於近年來的西式樓房天花板較低矮，感覺就像頭上頂著一個火球，別提有多熱了，身體各處也是離天花板愈近的地方感到愈熱，從頭部脖頸到背脊活像被架在火爐上燒烤。而且那種火球只消一個就足以照亮整個大廳，偏偏在天花板上同時亮起三、四盞，此外還有小型電燈沿著牆壁與柱子裝設得到處都是，那樣子只會把每個角落形成的陰影趕走，除此之外毫無作用。因此室內沒有任何陰影，放眼望去，雪白牆面，朱紅巨柱，色彩華麗如馬賽克拼貼而成的地板，像剛印刷出來的石版畫沁入眼底，這同樣令人相當氣悶。從走廊一走進來，便可感到溫度明顯不同。那樣子就算有清涼的夜氣流入，也會立刻變成熱風毫無助益。那是我以前不時會去住的飯店，所以基於緬懷之情我好心提出忠告，實際上，我覺得那種遠眺的美景、夏日消暑乘涼的最佳場所，就這樣被電燈破壞實在太可惜了。日本人當然不用說，就算西方人喜愛光明，對那種酷熱想必也會啞然，總而言之，只要少開一次電燈肯定就會立刻理解我這番忠告。但這只不過是舉其一例，並非該飯店的個別現象。唯有帝國飯店採用間接照明還算過得去，不過夏天還是可以把光線調得更暗一點。畢竟今日的室內照明，要讀書寫字或做針線早已不是問題，等於專門消耗在消滅四隅的暗影，但那個想法，至少與日本家屋的美學概念無法並存。私人住宅基於經濟因素會節省電力，反而沒這個問題，可是如果是做生意的房子，走廊、樓梯、玄關、庭園、大門等等，最後往往都照明過度，令和室及泉水庭石的底部一眼望穿。冬天那樣比較溫暖倒是好事，但夏天的夜晚不管躲到何種幽靜避暑地，只要去的是旅館，大抵都會像都飯店一樣面臨悲慘的遭遇。所以我認為，在自己家把四面的遮雨板都打開，在黑暗中掛起蚊帳躺著，才是納涼的無上法門。

16

上次在某雜誌或報紙看到報導說英國的老太太們抱怨，枉費自己年輕時敬老尊賢關懷老人，現在的女孩卻壓根不把他們放在眼裡，說到老人就好像是什麼髒東西似地避之唯恐不及，因此老太太們感嘆世風日下，當代年輕人的風氣已大不相同。我看完之後不由恍然，原來任何國家的老人都會說同樣的話，不過隨著年紀漸長，人們好像總是事事認定今不如昔。於是，一百年前的老人羨慕二百年前的時代，二百年前的老人羨慕三百年前的時代，無論哪個時代都不可能滿足於現況，不過最近文化急速發展，我國又有特殊國情，因此明治維新以來的變遷或許等同以前的三、五百年。這麼說的我，果然也成了一派老人口吻的老頭子，想想還真可笑，但是現代的文化設備的確只顧著討好年輕人，似乎漸漸形成對老人缺乏善意的時代。舉個最簡單的例子，連街頭的十字路口都得按照號誌過馬路，老人已經無法安心上街了。能夠開車到處跑的人還好，像我這樣，偶爾去大阪，光是要過個馬路從這頭去那頭就弄得渾身神經緊張。換成指揮人或走或停的交通燈號後，如果放在路中央還看得清楚，偏偏讓紅燈或綠燈在意想不到的路旁上方閃爍，實在很難注意到，如果十字路口寬闊，還會把側面的信號當成正面的信號。我曾深深感到，京都自從有了交通警察站崗後就完了，今日若想體會純日本風情的街頭情趣，只能去西宮、堺、和歌山、福山那種程度的小都市。食物也是，在大都會要找到合乎老人胃口的東西很辛苦。之前也有報社記者來，叫我談談特別的美食，我就講了吉野的山野村民吃的柿葉壽司是怎麼做的。順便在此也公開做法。以一升米一合酒的比例煮飯。酒等到飯鍋噴氣時再放。飯煮熟了就晾到完全冷卻為止，接著手上沾鹽把飯用力捏成團。這時手上不能有絲毫水氣。光沾鹽巴捏是祕訣。另外將鮭魚切薄片，放在飯糰上，再將柿葉的表面向下包裹。柿葉和鮭魚都必須事先用乾抹布充分抹去水氣。包好之後，用壽司桶或飯鍋皆可，讓內部保持乾燥，將壽司排滿其中不留空隙，蓋上蓋子後再壓上醃泡菜用的那種大石頭。如果今晚醃漬，隔天早上就可以吃，當日之內食用最美味，可以保存兩到三天。吃的時候將蓼葉沾醋稍微灑上一點。這是朋友去吉野玩時因為覺得太美味特地學來做法，轉而傳授於我，只要有柿子樹和鹽漬鮭魚，在哪都能做。唯有二點須記住：絕對不可有水氣，飯必須完全冷卻。因此我試著在家自己做，果然風味絕佳。鮭魚的油脂和鹽味恰到好處地滲入米飯，鮭魚反而變得像生魚片一樣柔嫩，滋味妙不可言。與東京的握壽司風味大不相同，但於我而言這種壽司更合口味，因此今年夏天獨沽一味。不過想到還有這種鹹鮭魚的食用方法，不禁對缺乏物資的山裡人的發明深深嘆服，四處打聽了一下這種鄉土料理後，我發現在現代，鄉下人的味覺顯然比都市人更靈敏，就某種角度而言是我們難以想像的奢侈生活。因此老人紛紛離開都市隱居鄉村，但如今鄉村的街道也裝設鈴蘭型的現代化路燈，一年比一年更像京都，是故不能就此安心。也有人說，文明更進一步後，交通工具移往空中和地下，會讓街頭的路面恢復昔日的安靜，但屆時肯定又會有新的設備欺負老人。結果等於是叫老人安分滾回去，因此除了在自己家中吃著家常小菜晚酌一杯，一邊聽聽收音機之外已無處可以容身。本以為只有我這種糟老頭會如此抱怨，結果好像不盡然，近來大阪《朝日新聞》的「天聲人語」專欄嘲笑政府官員為了在箕面公園闢車道竟濫墾森林，把山林弄得面目全非，我看了那篇文章之後好歹有了一點自信心。連深山中的樹蔭都要剝奪，簡直太過分了。長此以往，無論是奈良或京都大阪的郊外，只要是名勝景點都會變得大眾化，相對也會漸漸變得光禿禿吧。但，簡而言之這也是一種牢騷，我當然也知道如今時勢進步應該心存感激，更何況事到如今不管怎麼說，日本既已跟隨西洋文化的腳步邁出，除了丟下老人勇往直前之外別無他法。但是只要我們的膚色不變，就必須覺悟到，我們將會永遠背負著只有我們吃虧的劣勢。不過我寫這種東西的用意，是因為我覺得在某些方面，比方說文學藝術等等或許還留有扭轉那種劣勢的可行之道。至少在文學的領域，我想喚回我們早已失去的陰翳世界。將文學這個殿堂的屋簷加長，牆壁塗暗，太亮眼的東西塞回黑暗中，拆除無用的室內裝飾。且我並不要求家家戶戶如此，好歹有一戶房子是這樣即可。至於究竟會是什麼效果，不妨關燈一試。

懶惰說

1

說到懶惰，簡而言之就是「怠惰」。通常，日文的懶惰會用「懶」字，經常看到寫成「懶惰」，但那其實是錯的，好像還是寫成「嬾」才正確。現在，我根據簡野道明[1]氏的《字源》一查之下，前者用於「憎懶」，是「憎恨」或「討厭」的意思。而後者，是「散漫」、「倦怠」、「無力」、「疲累」之意，可舉柳貫[2]的詩作為例：

借得小窗容吾嬾
五更高枕聽春雷㈠

又及，若根據《字源》內引用的文章，據說許月卿[3]有詩「半生嬾意琴三疊」，杜甫也寫過「懶性從來水竹居」。

從上述例子可知，懶惰的確是「怠惰」，但也不可忽視其中多半包含了「提不起勁」、「欲振乏力」的心緒。而更應注意的是，無論是「借得小窗容吾懶」或「半生懶意琴三疊」或「懶性從來水竹居」，都是知道在「散漫的生活」中自有另一個天地，安於其中，緬懷、享受，有時甚至會基於虛榮或裝模作樣硬要處於這種境界。

這種心態不只是中國，日本自古以來也有，若從歷代歌人及俳人的吟詠之中尋求例子想必多不勝數，其中尤其是室町時代的話本中，甚至出現《懶惰太郎》這樣的小說。

1 簡野道明（1865-1938），漢學家，編有漢和詞典《字源》及各式中國經典古籍的注解。
2 柳貫（1270-1342），元代文學家，後世傳有《柳待制文集》。
3 許月卿（1217-1286），宋代詩人，被譽為再世子瞻（蘇軾）。

……然則此人雖名曰懶惰太郎，蓋房子的本事硬是高於旁人，因此得以侍奉權貴。他在四面築起土牆，三方豎立大門，東西南北挖掘池塘，堆築假山種植松杉……以錦緞張掛天花板，梁柱椽木的榫頭皆以白金黃金打造，垂掛瓔珞珠簾，乃至馬房官署，悉數慎重其事用心建造，完成後雖意猶未盡，卻僅以四竹為柱，覆稻草為頂，供自己棲身……不說住處簡陋，手腳也皮膚龜裂，滿身蝨蚤，肘生青苔，卻從不言苦。沒本錢自然不做買賣，不工作自然無物可食。往往四、五日長臥不起，終日無所事事。

這個故事，純粹是日本式的發想，不像是中國小說的翻版㈡。想必是當時的落魄公卿貴族自己就過著懶惰太郎那種懶散生活，才會在窮極無聊之下寫出這種東西消磨時光。而且，或許也有幾分是因為那個緣故，作者不僅沒有斥責懶惰的主角，還讓那種懶惰、骯髒、散漫偷懶，帶有一種伸手可掬的嬌憨可愛。雖然文中說他被附近鄰居嫌惡，好像成了當地的麻煩人物，但他雖是乞丐卻有不懼村長權威的骨氣，看似愚笨卻有創作詩歌的才華，名聲甚至上達天聽，連當時的皇帝都有所耳聞，最後終於被老百姓奉為神明，號稱御多賀大明神。

昔日，嘉永年間培里[4]的船隻來到浦賀時，他們最佩服日本人的，就是和其他亞洲民族不同，特別愛乾淨，港口的街道及家家戶戶都打掃得非常乾淨。的確，我們日本人在東方人種中最有活動力，應該也是最勤快的，卻還是有這種「懶惰太郎」的思想形諸於文學。「懶惰」絕非讚美之詞，也沒有人會把「懶惰鬼」當成光榮的稱號，然而另一方面，嘲笑終年辛勤工作的人，有時還覺得人家俗不可耐的想法，直至今日也沒有根絕。

4 培里（Matthew Calbraith Perry，1794-1858），美國海軍軍人。江戶時代率領艦隊抵達實行鎖國政策的日本。

2

行文至此我忽然想起，近幾日《大阪每日新聞》連載的〈美國記者團眼中的日本與中國〉這個系列報導。這是最近美國的新聞記者連袂來東方考察旅行，歸國後各自在報紙上發表的真實感想，大阪每日新聞社的高石真五郎記者特地從中摘錄有趣的部分做介紹，到今天為止的連載內容多半都是在批評中國，還沒有把矛頭對準日本，但按照那種調子看來，他們似乎對日本遠遠更有好感。他們一抵達中國，立刻就被火車的骯髒所驚嚇，覺得很噁心。可是他們搭乘的車廂絕非普通客車，是張學良為了他們特地從京奉鐵路挑選的上好列車，即便如此，他們還是遭到無法好好洗臉也無法刮鬍子的誇張待遇。這其中雖然想必也有中國內戰頻仍、財政窮困等等原因，但現在的滿洲是中國最有秩序的富裕地區，近年來內亂也已平息，如此看來，那些理由實在不足以作為辯解的藉口。就連我自己，昔日搭乘京漢鐵路一等車廂時也有過與他們相同的體驗。從北平至漢口大約四十小時的車程，期間臥鋪車廂碰上下雨漏水也就算了，說來噁心但是最困擾的就是廁所打掃得不乾淨，我在生理需求下一再衝往廁所又在門口折返。

想來這種不乾淨與不規矩[三]，不問哪個時代都是中國人不可免的通病，縱使引進進步的科學設備，一旦交由他們自己經營，立時帶上中國人獨特的「懶散」，好好的近代化尖銳利器就變成了東方式的笨重物品。美國人視清潔與秩序為文化的第一要件，因此在他們看來想必是無法原諒的懶惰與散漫，但中國人自己即使稍有不便，只要能達到目的即可，似乎不易改變傳統的癖性。而且有時好像還認為西方人的極端守規矩與神經質很煩人。只要論及歐美的禮儀做法每每引起反感，就像是晚年的辜鴻銘[四]，只要是自己國家的風俗，連一夫多妻制都認同，想必對這種現象也有相當的意見吧。談到這裡，我很好奇印度的泰戈爾、甘地又會怎麼說。他們的國家在懶惰這方面似乎和中國不相上下。

還有，扯個題外話，美國記者攻訐中國不守信用，向外國借錢卻連本帶利都賴帳不還，在這點，他們說「南京政府是效法莫斯科」。但，不只是金錢上的問題，說到不乾淨，兩國國民不也極為相似嗎？但這方面不知何者才是始祖，就我個人所知，在白人之中俄國人最骯髒。旅館如果有大量的俄國人投宿，廁所會呈現與中國火車的廁所同樣景觀。由這點也足以證明，俄國人在西方人當中最近似東方人。

3

總之這個「怠惰」、「消極散漫」是東方人的特色，我姑且將之稱為「東方式的懶惰」。

但這種風氣，看似受到佛教及老莊的無為思想、「怠惰者的哲學」影響，事實上與那種「思想」無關，早已遍及更貼近日常生活的各個層面，意外地扎根很深，孕育自我們的氣候風土體質等方面，佛教與老莊哲學毋寧該視為那些環境的產物更接近自然。

若只是怠惰者的「哲學」與「思想」，西方未必沒有。古希臘也有戴奧吉尼斯這種「懶惰太郎」，但那是從哲學的觀點出發，是身為學者的態度，不像日本與中國有無數的懶散人種那樣毫無理由地懶散度日。那個時代的克己主義哲學，雖然消極，卻有強烈的信念要征服物欲，多半是強調努力性、意志性，似乎離「解脫」或「真如[5]」、「涅槃」、「大徹大悟」這種境界很遙遠。況且，雖然不是沒有仙人或隱士之類的人物，但他們多半是想發現「賢者之石」的煉金術師，就像中國的葛洪仙人，與其稱為「無為」或「怠惰者」，毋寧可以想像似與「神祕學」的概念有關。

5 真如，佛教用語，指真實如常的狀態。

在近代，提倡「重歸自然」的盧梭，據說思想頗有幾分與老莊相通之處，但我其實才是真正的懶散，至今連盧梭寫的《愛彌兒》都沒有看過，因此無法發表任何意見。不過不管這種思想與哲學究竟如何，在實際的日常生活中，西方人絕對不「懶散」也不是「怠惰者」。那是根據他們的體質、表情、膚色、服裝、生活樣式等各種條件造成的，即便偶爾因為某些緣故被迫不乾淨或不守規矩，想必也絕對無法理解東方人想在懶惰中打開另一個安逸天地的心態。他們無論是富翁、窮人、玩樂的人、勤勞的人、老人、青年、學者、政治家、企業家、藝術家、勞工，在個性積極進取、充滿活力、奮鬥向上這方面都毫無差別。

「東方人的精神性或道德性究竟意味著什麼？東方人把捨棄紅塵俗事隱遁山中，獨自沉溺冥想的人稱為聖人，譽為高潔之士。但在西方，並不認為那種人是聖人或高潔之士，那只不過是一種利己主義。我們將那些勇敢走上街頭，給病人藥物，給窮人物資，犧牲自我促進社會一般幸福的人，稱為真正的道德家，這種工作才叫做精神性的事業。」——我曾看過約翰．杜威所寫大意如此的這段話，這是西方一般的思考標準——就常識而言，想必「怠惰」和「無所事事」，在他們看來是罪大惡極。至於我們東方人，並未一股腦認定「怠惰」比「工作」更富於精神意義，所以我並不打算正面反對這位美國哲學家的說法，況且面對這麼光明正大的直接批評，我也不知該如何回應，但歐美人的「為社會犧牲奉獻」到底是指什麼樣的狀況？

比方說基督教運動有所謂的「救世軍」。我對那項事業和從事事業的人們都抱著敬意，絕無反感或惡意。然而不管動機如何，那樣站在街頭，以激昂、快速、性急的口吻說教，或是四處奔走協助娼妓自主從良，去貧民窟挨家挨戶敲門贈送慰問品，抓著每個行人的衣袖分發傳單請對方捐款贊助慈善熱食，這種小家子氣、瑣碎的做法，不幸的是，非常不適合東方人的風氣。那是超越理性邏輯的天性使然，是東方人彼此應該都懂的心理。看到那種社會運動，我們只有被人窮追不捨的倉皇之感，完全無法湧現同情心與信仰心。人們經常攻訐佛教徒的宣教及救濟方法和基督徒相比之下過於消極落伍，其實到頭來還是前者最符合我們的國民性。鎌倉時代的日蓮宗與蓮如時代的真宗哪怕再怎麼積極主動，最後也不過是回歸到「南無妙法蓮華經」七字或「南無阿彌陀佛」六字，並未像基督教那樣牽涉到現世的枝枝葉葉。一如禪宗的道元禪師，似乎是抱著「人生為佛教，而非佛教為人生」的想法。我認為與基督教差之千里。

諸葛孔明在劉玄德三顧茅廬之下，只好勉強出馬，這是《三國志》裡眾所周知的故事。我們認為，如果孔明不等玄德把他硬拉出來，早早就主動在世間活動，那也是一樁美事；但是孔明若在玄德再三懇請下還是躲起來不肯現身，始終與閒雲野鶴為伍終此一生，那種心態也相當值得同情。中國自古便有「明哲保身之道」這個說法，避開紛爭保全己身，也被視為一種處世之道。戰國時代蘇秦衣錦還鄉，據說還趾高氣揚地說什麼「使我有洛陽負廓田二頃，吾豈能佩六國相印」㊄，立身揚名佩六國相印固然好，但是耕耘負廓田二頃終老鄉間也不錯。不過，得意洋洋講出這種話的蘇秦，好像有點像這年頭的民意代表，和孔明比起來品格差遠了。事實上，在東方，比起蘇秦型的人，孔明型的人物不只在品格上，在本質上也更傑出的例子不勝枚舉。

4

最近，我看了很多電影雜誌刊載好萊塢電影明星的照片，往往感覺很怪異。因為他們的臉部特寫照，無一例外都是露齒而笑。同樣無一例外地，每個演員的牙齒都很漂亮，像珍珠一樣潔白整齊。但，如果仔細審視他們的表情，那種笑容實在不像是笑得開懷，分明只是勉強咧開雙唇炫耀自己的牙齒而已。日本的女童扮鬼臉時會齜牙咧嘴，正好就跟那個一樣。那種感覺，女明星還不至於那麼極端，可是在男明星身上就特別明顯。有這種感想的想必不只我一人。諸位讀者如果不相信，不妨立刻翻開《CLASSIC》雜誌一窺究竟。一旦有了這種感想，不管是任何演員的肖像照，「笑臉」都會立刻變成「露牙照」，說來還真奇怪。

文化愈發達的人種愈注重保養牙齒。據說從牙齒是否整齊美觀可以看出一個種族的文明程度。那種說法若是真的，牙醫學最進步的美國顯然是全球最文明的國家，那些刻意露出詭異笑容的明星，或許是在誇示「我是一個文明人喔」。而像我這種天生一口亂牙又不肯去治療的人，縱使像已故大山元帥的痲子臉一樣被視為未開化野人的範本也怪不了別人。不過最近即便是日本人，像我這樣的也已成為特例，通常只要是比較追求流行的都市，不管去哪都會看到受美式教育的牙醫診所生意興隆，要進去必須先抱著腦貧血的覺悟，把好端端還能用的牙齒又拔又磨施加人工裝飾。或也因此，近來都市人的牙齒日漸美觀，很少再看到過去那種亂牙或虎牙或發黑的蛀牙。不分男女，注重禮儀和容貌的人，就算只是買條牙膏都會挑選固齡玉（Kolynos）或白速得（Pepsodent）這類美國進口貨，每天早晚兩次仔細刷牙。所以日本人的牙齒一天比一天潔白如珍珠，光是那樣就已逐漸近似美國人、文明人。既然目的是為了給人好感，則此舉並無錯處。但，本來在日本，虎牙或蛀牙參差不齊的模樣被視為一種天然的可愛，如果一口潔白整齊的牙齒，反而讓人覺得冷酷、奸詐殘忍。因此，東京、京都、大阪等大都會的美女（不，其實男人也是）大抵都是牙齒不健康不整齊。尤其是京都女人的黑牙幾乎已成定論。就我所知，反而是九州一帶的人多半牙齒整齊美觀（這並不代表九州人就比較薄情寡義，請諸位別生氣）。還有老人，也因抽菸熏黃牙齒，變成象牙久經把玩的那種色調，從花白的稀疏鬍子之間若隱若現，一看就很有老人的派頭，與膚色也非常相襯，頗有悠然自得從容不迫之感，就算其中有一、兩顆牙脫落，看起來也絕不難看。如今有這種黃板牙的老人，除非去鄉下，否則在日本已經看不到了，但在中國或朝鮮還多得很。老人如果有一口潔白整齊的牙齒，至少與東方人的相貌並不協調。裝假牙也該盡量接近自然，如果七老八十還弄得太年輕漂亮，那是「半老徐娘濃妝豔抹」，只會令人心生反感。

5

據上山草人[6]說，美國對禮儀規矩非常囉嗦。男子不得在女子面前裸露肉體某一部分自然不消說，就連擤鼻涕吸鼻子咳嗽都不行。所以感冒時哪都不能去，除了整天窩在家中別無他法。長此以往，說不定美國人馬上就會提倡從鼻孔到屁眼都必須清理得乾乾淨淨甚至可以舔，連拉屎都得帶有麝香味，否則就不配當個真正的文明人。

類似這樣的說法，也曾聽已故的芥川君說過，成瀨正一[7]在德國客居某戶人家，當場翻譯芥川君的《某日的大石內藏助》朗誦給大家聽時，念到「內藏助起身上廁所」這一句頓時卡住了。據說他最後始終沒有譯出「廁所」這個字眼。

保羅．莫朗[8]的小說經常出現「廁所」這個字眼，所以近來的法國或許沒那麼計較，但我總覺得歐美人好像對這種事格外在意，視之為文明人的資格。

6

看過托爾斯泰的《克魯采奏鳴曲》的人想必知道。文中，那篇小說的主角痛批歐洲所謂的文明人生活。觀諸他們的日常飲食及婦女服裝等方

6 上山草人（1884-1954），本名三田貞，日本演員，後赴美拍攝好萊塢電影。
7 成瀨正一（1892-1936），日本的法國文學家。
8 保羅．莫朗（Paul Morand，1888-1976），法國作家。被譽為現代文體開創者之一。

面，明明非常刺激、大膽主動，唯一的目的就是處心積慮地挑逗情欲，可是另一方面卻對禮儀規矩吹毛求疵實在很虛偽——現在那本書不在手邊所以我無法明確想起，但大意的確如此，當我看那本書時，深深感到托爾斯泰不愧是俄國人。

實際上，紳士在夜宴上穿著束手束腳的禮服，面對婦女性感撩人的服裝，卻受到禮儀規範的束縛，在餐桌上不能打嗝吐氣，拿湯匙喝湯也不能發出聲音，縱然眼前放滿盡善盡美的菜色又算是什麼佳餚。相較之下中國人的宴會是以「吃」、「喝」為目的，一般的不守禮儀皆可容忍。就算大呼小叫把地板或桌子弄得髒兮兮也沒關係，夏天如果去南方，主人還會主動先脫去上衣打赤膊。日本在這點也與中國大同小異。

談到飯店的餐廳，有人認為那種家庭式、熱鬧華麗的氣氛，遠勝於舊式旅館的個人主義。但是，那是紳士淑女用來炫耀服裝滿足自我虛榮心的場所，似乎把飲食放在次要地位。還是穿著浴衣，在榻榻米上或歪身斜倚或伸長雙腳的用餐方式，更能討好五臟廟。

簡而言之，西方人講求「文明的設施」，講求「清潔」、「整齊」，豈不是就像美國人的牙齒一樣？說到這裡，我看見那潔白無垢的牙齒，總是不自覺想起西洋廁所的磁磚地板。

7

今日我們煩惱的東西合併生活之矛盾，不在於衣食住的樣式這種枝微末節，我認為是源自肉眼看不見的更深刻的原因。換言之，我們就算住在沒有榻榻米的房子，從早到晚穿著西式服裝，努力吃西式食物，也很難長久持續，最後往往變成在西式房間放火盆或坐在地毯上，說來說去還是因為東方人與生俱來的「懶惰」與「散漫」心態已在內心根深蒂固。首先，我們對於用餐時間照表操課就感到痛苦。白天在辦公室上班的人，當然只好按照規定，但是回到家後立刻變得不規律。而且如果不這麼做，也無法真的安心休息，慢條斯理地喝著小酒吃東西。因此在上班地點吃午餐的大多數日本人，只是匆忙將簡單的食物扒下肚暫且果腹，可是住在神戶或橫濱的西方人不然。家住附近的人就算再怎麼忙碌也必定會準時回家，在飯廳舒舒坦坦吃飯、喝酒，然後等時間到了又趕回辦公室去。我很想問那樣慌慌張張往返究竟有何趣味，但他們非常習慣這種規則。況且以西餐的烹調方法，如果不在幾點幾分準時進餐廳的話，廚師好像也會很困擾。所以日本人經常因為廚師執拗地確認「幾點用餐」而生氣，如果拖拖拉拉不守時，就算料理再怎麼難吃，廚師也絕對不負責任。

見微知著。餐具亦然，筷子或漆椀稀哩嘩啦沖洗一下就行了，可是西餐的材料特別油膩，又大量使用銀器、瓷器和玻璃器皿，所以必須經常用心擦得亮晶晶。要我們不惜忍受這無數煩人的束縛去打破東西合併生活的矛盾，實在提不起那個精神。

8

英國人即便是老年人照樣一早就吃口味濃厚的牛排，而且熱愛運動來儲存精力、培養體力。這肯定也是一種養生之道。但在懶惰的人看來，如果為了大量攝取刺激性食物，不得不靠做運動才能徹底消化，那麼運動也成了一種苦差事。有那麼多時間還不如安靜讀書或許更有益處。況且托爾斯泰說得好，那種刺激只會煽動性欲撩起煩惱的火苗，結果徒然浪費精力，到頭來還真搞不清那樣與減省食物不做運動哪一種好。

以前[六]——其實也不過是我們的祖母時代，正經人家的女子幾乎終年待在不見天日的暗室深處，大門不出二門不邁。京阪一帶的舊家庭，據說連洗澡都是五天一次。而且如果貴為所謂的「老夫人」，甚至整天黏在坐墊上文風不動。如今想來不免感到不可思議，那樣究竟是怎麼活下去的？

但她們的食物，只有一點點，極為清淡，簡直像鳥食。白粥、醃梅干、梅子醬、魚鬆、煮豆、醬菜——我至今仍能想起祖母餐盤上的那些菜色。然她們自有她們消極的養生之道，多半比活動力旺盛的男人更長壽。

俗話說得好，「睡多了是毒」，但是如果同時減少食量、減少食物的種類，光是這樣就能降低傳染病的風險。也有人認為，有那個閒工夫浪費心力去計較什麼卡路里或維他命，不如什麼事也不幹就這麼躺著更明智。別忘了，一如世間有「怠惰者的哲學」，也有「怠惰者的養生法」。

9

如今大阪數一數二的老藝師說，昔日演唱地方歌謠時如果聲音太宏亮、發音太清楚，反而會被責罵低俗。原來如此，這麼一說，擅長彈奏古琴與三弦琴的藝師之中，音色宏亮優美的，在關西的確不多。但，話說回來，倒也不是偏重樂器就對歌聲掉以輕心。如果定下心來仔細聆聽，聲音就算小，對曲調的抑揚頓挫仍舊處理得很細膩，也帶有充分的餘韻和感情。但他們不會像現在的聲樂家一樣戒酒戒女色來保護嗓子保持音量。換言之，他們純粹是心情本位，否則抱著那麼一板一眼的想法唱歌，就算唱了也不愉快吧。老了音量自然減低，變得沙啞也是順理成章，因此也不必刻意違反自然，自己盡情歌唱就是了。實際上在當事人自己看來，最好是喝醉了陶陶然之際隨手拿起三弦琴吟唱，否則就沒有任何趣味了。如此想想，哪怕用別人聽不見的細微音量哼哼唱唱，自己照樣可以盡情品味技巧的奧妙，進入三昧之境，說得更極端點，甚至不用出聲光靠幻想歌唱照樣也行。

西方的聲樂不是娛樂自我，而是以取悅他人為首要，在這點難免顯得有點拘謹，是努力的、刻意作為的。儘管聽了會羨慕那種音量，看歌者嘴唇的動作也好似某種會發出聲音的機器，總帶有刻意之感。所以歌者本人的三昧境界可以說絕對不可能傳達給聽眾。不僅是音樂，西方所有的藝術想必都有這種傾向。

10

各位可別誤會，我絕非建議大家成為懶惰鬼。但，這年頭許多人被稱為精力充沛或工作勤奮便洋洋得意，或者主動推銷那種價值觀，因此我認為偶爾想起懶惰的美德——那種優雅閒適，應該也沒壞處。坦白講，我自己並不是那麼懶散，在我們這群朋友之間還算用功勤勉，這點諸位友人想必可以替我作證。

作者注

㈠詩作日譯參閱《倚松庵隨筆》（昭和七年四月刊）注解。

㈡寫完這篇文章後，看了柳田國男先生的民間故事相關研究，才知這種民間故事不只是日本有，全世界流傳的類似故事可分為幾種系統，不過，窮光蛋出人頭地的情節雖然相似，但真有像這個懶惰太郎一樣拿懶惰當賣點的人物嗎？淺學如我，無法斷定，只能暫且存疑。

㈢凡是去過中國旅行的人都知道，在中國人的廚房，抹布與毛巾毫無區別。他們用擦過髒東西的布擦拭餐桌與筷子經常令人瞠目結舌。

㈣辜鴻銘此人，據中國的青年文人表示，晚年似乎精神異常，不知是真是假。辜翁與中國新進作家田漢君在東京山水樓會晤一事，記得佐藤春夫應在某本小說寫過。辜翁似乎聽說過我的名字，曾透過阿部德藏君送給我他的著作《讀易草堂文集》。該書於民國十三年由東方學會出版，共分內篇二十八章外篇十五章，為漢本大型書冊，由羅振玉作序。內篇卷首的「上德宗皇帝書」一節有云：「職幼年遊學西洋，歷英、德、法三國十有一年，習其語言文字，因得觀其經邦治國之大略。竊謂西洋列邦本以封建立國，逮至百年以來風氣始開，封建漸廢。列邦無所統屬，互相爭強，民俗奢靡，綱紀寖亂，猶似我中國春秋戰國時勢也。故凡經邦治國尚無定制，即其官舍規模亦猶簡陋不備，如德、法近年始立刑禮二部，而英至今猶未置也。……如商入議院則政歸富人，民立報館則處士橫議，官設警察，則以匪待民，訟請律師則吏弄刀筆。諸如此類皆其一時習俗之流弊，而實非治體之正大也。每見彼都有學識之士談及立法之流弊，無不以為殷憂。唯獨怪今日我中國士大夫不知西洋亂政所由來，徒慕其奢靡，遂致朝野皆倡言行西法興新政，一國若狂在。」又其〈廣學解〉曰：「西人之謂考物，即吾儒之謂格物也。夫言之於天則曰物，言之於人則曰事。物也者陰陽五行是也。事也者天下家國是也。然吾儒格物必言天下國家，而不言陰陽五行者其亦有深意存焉。易傳言，聖人製器，以前民利用。此則謂教之以相生相養之道也。然吾聖人有憂天下之深故，其於陰陽五行之學言之略而不詳，其於製器利民之術，亦言其然而不言其所以然。蓋恐後世之人有竊其術以為不義而不善，學其學以為天下亂者矣。故傳曰作易者其有憂患乎。今西人考物製器皆本乎其智術之學，其智術之學皆出乎其禮教之不正。嗚呼其不正之為禍豈極有哉。」又在〈上湖廣總督張（之洞）書〉曰：「昔人有言亂國若盛，治國若虛。虛者非無人也，各守其職也。」由此可見，少壯時代留學歐洲十一年之久的辜翁，後來是多麼離奇地討厭西方。

㈤ 出自《史記・蘇秦列傳》。

㈥ 想來，按摩應該是東方人特有的健康方法吧。自己躺著讓人揉搓身體以求達成運動效果，因此堪稱最偷懶的手段。昔日人們似乎滿腦子只想靠按摩、點灸這些方法在室內靜臥不動來促進血液循環。

戀愛與色情

1

有位過世已久的英國滑稽作家叫做傑洛姆．K．傑洛姆[1]。此人寫的《小說隨筆》這本書中，聲稱小說簡而言之就是不入流的玩意兒，自古以來世人寫出的小說多如海灘沙礫，不知有幾千幾百幾十萬本，但無論哪本情節都千篇一律。說穿了就是「首先在某地有一個男人，然後有一個女人愛著他」──Once upon a time, there lived a man and a woman who loved him. ──他說到頭來不過如此而已。

此外，我也曾聽佐藤春夫說，在小泉八雲的某篇講義中，據說也曾說過這麼一段話：「小說自古以來都是在處理男女之間的戀愛關係，因此自然令一般人以為唯有戀愛才能成為文學題材，不過事情當然不可能是那樣。除了戀愛、人事之外，還有很多東西可以成為小說題材，文學領域本來就更加寬廣。」

以上，無論是傑洛姆的諷刺或小泉八雲的意見，都說明在西洋「沒有戀愛的文學」或「小說」會被認為很不可思議似乎是不爭的事實。不過很久以前其實便有政治小說、社會小說、偵探小說等等，只是那些多半被視為脫離純文學範圍的「功利性」或「低級」產物。

現在事情略有不同了，這年頭抱著功利性意義寫成的東西不再因此被視為「低級」，但就算是描寫階級鬥爭及社會改革的作品，也絕對沒有一本不會以某種形式觸及戀愛問題。我反而覺得應該有很多作品主題是以戀愛為機緣產生的種種心理糾葛——比方說，到底該以戀愛為重還是階級任務為重之類的。

1 傑洛姆・K・傑洛姆（Jerome K. Jerome，1859-1927），英國作家。代表作為幽默旅遊小說《三怪客泛舟記》。

偵探小說也經常將戀愛設定為犯罪原因。而且如果把「戀愛」的範圍擴大至「人事」，西洋自古以來的所有小說，所有文學的題材，悉數不出人事的範疇。雖然偶爾也有類似《公貓穆爾的人生觀》及《黑神駒》、《野性的呼喚》這樣以動物為主角的小說，但那多半是寓言式作品，因此就廣義而言還是不出「人事」的範圍。除此之外，當然也有破例以自然之美為對象的作品，在詩作當中尤其不乏其例，但若仔細吟味，完全沒有涉及世俗人事的作品似乎極為少見。

寫到這裡，我忽然想起漱石先生的著作中有〈英國詩人對天地山川之觀念〉這篇論文。於是，我立刻去書架搜尋，不巧一時之間找不到，因此很遺憾無法在這裡引用先生的意見，總之在西方人的藝術中，「戀愛」，或者至少「人事」，占據了該領域的絕大部分，這點只要看他們的文學史、美術史立刻便會明白。

2

在日本的茶道中，自古以來茶席懸掛的作品是書法或畫作皆無不可，唯獨禁止以「戀愛」為主題的作品。簡而言之，是因為普遍認為「戀愛違反茶道精神」。

如此鄙視戀愛的風氣不只出現在日本的茶道，在東方各國亦不罕見。我們的國家自古以來有無數小說與戲曲，雖不乏以戀愛為主題的作品，但那是在西方觀點出現之後才有的，在還沒有所謂「文學史」的時代，說到軟性文學，首先指稱的就是文學的末流，供婦孺消遣的讀物，或是文人君子打發餘暇的雕蟲小技，作者固然有所顧忌，讀者也不敢公然宣揚。即便實際上有傑出的戲曲家與小說家，他們的作品也風靡一時，但在表面上還是被視為品味低俗，不是一個大男人應當作為畢生職志的工作。在中國，甚至自古以來便強調「濟世經國」乃文章之本，占據中國文學寶座的正統漢文學，不是經書就是史書，再不然就是以修身治國平天下為目的的著述為主。我少年時代學習漢文文學史用的教科書是四書五經、《史記》、《文章軌範》這些與戀愛最不相干的書籍，彼時似乎認為那種東西才是真正的文學、正統的文學。到了明治時代後，坪內逍遙先生的《小說神髓》出現，開始有了莎翁與近松[2]、莫泊桑與西鶴[3]的比較論，戲曲與小說也逐漸被視為文學的主流，但那種看法其實不是我們的正確傳統。那種看法認為小說與戲曲才是「創作」，歷史學及政治學、哲學不是「創作」，而且，因為不是創作所以不是文學。換個角度來看這種想法其實非常狹隘。如果根據我們的傳統去看待西洋文學，培根及麥考萊、吉朋、卡萊爾這些哲學家與歷史學家才是正統，莎翁的作品或許該悄悄藏起來才對。

按西方人的想法，詩歌比散文更屬於純文學。但，就連在詩的領域，東方作品都比較少見戀愛成分，只要看最具代表性的兩大詩人——李杜二家的詩作，想必已有大半了解。杜甫的作品偶爾會吟詠哀別離苦，寄寓流放之悲愁，但他贈詩的對象多半是「友人」，偶爾是他的「妻子」，沒有一首是寫給「戀人」。至於被稱為「月與酒的詩人」的李白，對「戀愛」的關注更是不及他對月光與酒杯那種熱情的十分之一。森槐南[4]曾在他的《唐詩選評釋》中，舉出那首有名的〈峨嵋山月歌〉，

峨嵋山月半輪秋，影入平羌江水流，
夜發清溪向三峽，思君不見下渝州。㈠

「思君不見」表面上似是指月亮，但從「峨嵋山月」這一句來推敲，

2 近松門左衛門（1653-1725），江戶時代的淨琉璃及歌舞伎作者。
3 井原西鶴（1642-1693），江戶時代的寫實話本、人形淨琉璃作者，也是俳人。
4 森槐南（1863-1911），明治時代的漢詩詩人、官僚。

槐南翁認為似乎暗喻戀人。槐南翁的這個解釋的確是卓見，但李白就算會那樣偶爾吟詠愛情，也是把情懷寄託明月，極為含蓄地，以暗示性的手法敘述。而且這被視為東方詩人的節操。

故小泉八雲聲稱「即便不寫戀愛，小說也同樣可成為文學」的主張，在西方人或許罕見，但對我們東方人而言絲毫不足為奇。我們其實等於是從他們那裡才學到「就算寫戀愛也能成為高級文學」。

3

我們經常聽說，浮世繪的美是被西方人發現，介紹給全世界的，在西方人為之驚艷之前，我們日本人壓根不知自己擁有的這項光榮藝術有何價值。但，仔細想想，這既非我們的恥辱，亦非西方人的卓見。我們當然對西方人認同我們這方面的藝術，將之向全世界宣揚的功勞深為感謝，但是坦白講，那是因為對於認定唯有「戀愛」與「人事」才算藝術的他們而言，浮世繪最易理解。至於這麼偉大的藝術在日本同胞之間為何沒有受到相當大的尊崇，他們並不明白箇中原因。㈢

的確，浮世繪畫師在德川時代的社會地位，等同通俗小說作者及滑稽喜劇作者。對於當時有教養的士大夫而言，浮世繪及通俗小說想必就等於春宮畫及黃色書刊，所以大雅堂、竹田、光琳、宗達等文人畫家，不可能與師宣、歌麿、春信、廣重這些浮世繪畫師受到同等待遇。在文學方面亦然，想必沒有人會將白石、徂徠[5]、山陽等儒學家，與近松、西鶴、三馬、春水這些通俗作家相提並論吧。所以《關八州繫馬》[6]的某部分得到後水尾天皇的褒獎，《曾根崎心中》[7]以韻文體描寫旅途情景的文章獲得

5 荻生徂徠（1666-1728），筆名武津徂徠，日本儒學家。江戶時代最具影響力的學者之一。

6《關八州繫馬》是近松門左衛門生前寫的最後一齣淨琉璃作品。

7《曾根崎心中》也是近松的現代劇淨琉璃作品。描寫年輕男女相約去曾根崎殉情自殺的故事。

徂徠的激賞這類逸聞，才會被視為格外令人驚訝的事實流傳至今。馬琴[8]在世的當時，不僅自己擺出高於其他通俗作家的矜持，世人也對他抱以尊敬的眼光，原因就在於他的作品專門以懲惡勸善為宗旨，宣揚人倫五常之道。由此可以想見一般通俗作家的地位如何。

如上所言，我們的傳統，並非不認同戀愛的藝術——事實上內心大受感動，私底下很欣賞這類作品——卻在表面上盡量裝作不以為然。這是我們的謹慎自制，也成為不言自明的社會禮儀。因此極力吹捧歌麿與豐國這些浮世繪畫師的西方人，多少也可以說打破了我們這種不成文的禮儀。

4

然而，或許有人會反問——「既然如此，戀愛文學極度興盛的平安時代又該怎麼說？即便在我們的文學史上不也有過這種時代嗎？德川時代的通俗作家或許地位卑下，但原業平與和泉式部這種和歌歌人如何？源氏物語以下的許多戀愛小說的作者又如何？他們及他們的作品受到的待遇又如何？」

關於《源氏物語》，自古以來各家說法不一。儒學家視為淫書不時加以攻擊，反之，也有人雖然身為國學者卻將之視為聖經般神聖，宣稱該書的內容充滿最具道德性的教訓，最後甚至牽強附會地把作者紫式部當成「貞節烈女的典範」。但，儘管是牽強附會——總之表面上如果不否定那個故事是「淫書」——而且如果不勉強視為「道德性」、「充滿教誨意義」的讀物——似乎就認為《源氏物語》會失去在文學上的立場，可見還是出於一種「禮儀」，具有東方人特有的「好做表面文章的毛病」。

談到這裡，我就回到一開始的問題，稍微觀察一下平安時代的戀愛文

8 曲亭馬琴（1767-1848），江戶時代後期的讀本作者。代表作為《南總里見八犬傳》。

學吧。

5

昔日[三]，刑部卿敦兼這位公卿雖是舉世罕見的醜男，妻子卻是容貌出眾的美人，因此每每感嘆自己是巧婦伴拙夫。某日她前往宮中觀賞五節舞，舉目四顧今日盛裝出席的滿座公卿翩翩風采，左看右看就是無人像自己的丈夫那麼醜陋。眼見眾人各有出色儀表，因此更加厭惡丈夫，於是，後來她回到家中也對丈夫不理不睬，最後乾脆躲進內室避不見面。丈夫敦兼感到奇怪，起初還一頭霧水，某日去宮中值班深夜方歸，只見室內既未點燈，就連伺候的侍女們也不知逃往何處，脫下衣服也無人替他收拾折疊。無奈之下只好推開玄關口的側門，獨自陷入沉思，不覺夜色漸深，隨著月光與風聲沁透全身，妻子無情的對待更令他平添恨意，深感惆悵，於是他倏然定心凝神，取出篳篥吹奏，並且反覆吟唱：

竹籬下的白菊
憔悴令人哀愁
我的結髮妻子
亦如菊花枯萎離我遠去乎

妻子躲在內室，聽到他如此吟唱忽感哀憫，於是出來迎接敦兼，據說夫妻倆後來變得非常恩愛。

這個故事出現在眾人皆知的《古今著聞集》的〈好色〉卷，或許是鎌倉時代或王朝末期的故事，總之不管怎樣，當時京都的貴族生活依然大量沿襲平安時代的風俗習慣，因此視為代表性的平安王朝戀愛風景應該八九不離十。

說到這裡，我覺得奇怪的，是在這故事中的男女地位。正如《古今著聞集》的作者所言，「從此夫妻感情圓滿，皆因妻子心性溫柔。」作者沒有責怪這個妻子的不貞，也沒有嘲弄丈夫敦兼的窩囊，說穿了是當成一樁夫妻美談在講述。而且這種情形在平安時代的公卿之間似乎是理所當然的常識。

妻子當初出嫁時應該已就知道對方是醜男，事到如今卻毫無理由地冷落丈夫。丈夫面對這樣的妻子本該心灰意冷，卻站在女人的房間外唱歌訴說悲哀。聽得入神的妻子被形容為「心性溫柔」。這可不是西洋的愛情戲場景，而是日本王朝發生的故事。談到這裡，文中還說敦兼「取出篳篥」配合歌曲吹奏，當時的公卿會那樣隨身攜帶樂器嗎？我每次看到《古今著聞集》的這一段，就會想起淨琉璃《壺坂》中，盲人澤市獨自彈奏三弦琴吟唱地方歌謠〈菊露〉的開場那一幕。

鳥鳴鐘聲沁心扉，思君未語淚先流，淚水流落妹背川，舟楫斷絕人無蹤，此生虛度恨綿綿，莫思量，相逢終有離別時，嘆悲愁，庭院小菊喚其名，日日望花遣相思，夜夜露水沾花濕，露水易逝憎命薄，此身一如秋風去。

戲中的澤市只唱這首歌的前半段，主旋律的部分。在此，他也和敦兼一樣把情懷寄托菊花，堪稱奇緣，然而自古以來大阪人就認為唱這首歌會導致男女分手，頗為忌諱。不過，撇開那個不談，這齣淨琉璃據說是團平夫人[9]所作，難怪流露出女性特有的柔情，但澤市本就是令人憐憫的殘疾之人，因此與敦兼的情況大不相同。更何況澤市的妻子阿里與敦兼之妻也有天壤之別，像阿里那樣才是真正的「心性溫柔」，堪稱「夫婦美談」。

9 團平夫人，第二代豐澤團平之妻千賀。二代豐澤團平是明治時代知名的三弦琴師，妻子亦有過人長才。

想來隨著時代演進，在武家政治與教育普及的時代看來，敦兼妻子的不貞自不消說，敦兼這種丈夫也不像個男人，不難想像會被斥責「丟盡天下男人的臉」。碰上這種情況，若是鎌倉時代以後的武士，肯定會斷然休妻，就算真的割捨不下情緣，也會立刻闖入內室好好教訓妻子。女人也大抵都喜歡這種強勢的男人，如果像敦兼那樣做出娘娘腔的舉動只會更令人討厭，這才是我們的普遍心理。德川時代愛情文學的流行趨勢雖與平安王朝相反，但就算拿近松以後的戲曲來考量，一時之間還真想不出有哪個男性人物像敦兼這麼沒出息。就算偶爾有類似的情況，也都是描寫得很滑稽，想必絕不是作為一樁美談傳誦。有人說元祿時代的社會風氣似乎格外淫靡墮落，但當時的風流浪子其實意外地愛面子，好勇鬥狠，莽撞衝動，《博多小女郎》的宗七[10]及《油地獄》的與兵衛[11]自然不消說，就連殉情戲碼中的帥哥男主角也經常涉及流血衝突，絕非王朝公卿那種膽小鬼。到了化政時期以後的江戶，連女人都勇武好鬥，因此「像男子漢的男人」廣受女人青睞自不待言，說到江戶戲劇出現的風流男子，也多半是大口屋曉雨那種類型的俠客，或是片岡直次郎那樣的不良少年。

6

從平安王朝文學看到的男女關係，就這點而言似與其他時代略有幾分不同。敦兼這種男人若說他沒出息的確沒啥好說，但換個角度說，也可視為崇拜女性的精神。不是把女人看得比自己低等去寵愛，而是看得比自己更高，是以景仰的心態跪倒在女人面前。西方男人經常在自己的戀人身上追求聖母瑪利亞的身影，藉以想起「永恆的女性」的容顏，但東方從來沒

10 宗七，亦作惣七。《博多小女郎波枕》描寫京都商人宗七，為了博多的遊女小女郎，成為海盜的手下。

11《女殺油地獄》描寫在複雜家庭環境長大的油店少東與兵衛，為了錢財殺害有夫之婦阿吉。

有這種思想。「仰慕女人」被視為「男子氣概」的相反，「女人」這個概念，永遠放在距離崇高、悠久、嚴肅、清淨這些概念最遙遠的邊陲位置。但在平安王朝的貴族生活中，「女人」就算沒有君臨「男人」之上，至少也與男人同樣自由，男人對待女人的態度，也不像後世那麼暴君，反而非常客氣、溫柔，有時甚至像在對待世上最美麗、最尊貴的事物。比方說《竹取物語》的輝夜姬最後升天而去的思想，就令後世的人難以想像，首先，我們要想像在戲劇及淨琉璃出現的女人直接穿著那套服裝升天的情景就很困難。小春與梅川這些戲劇人物就算楚楚可憐，說穿了也不過是哭倒在男人膝前的女人罷了。

7

說到《古今著聞集》就令我想起，《今昔物語》[12]的〈本朝〉第二十九卷〈不為人知的女盜賊故事〉，這是日本罕見的女虐待狂事例，想必，在flagellation（鞭打）滿足性欲的相關記載中，也是東方最古老的珍稀文獻之一吧。文中是這麼寫的：

「……白晝通常四下無人，女子遂對男人說：『走吧！』把他帶去內院的偏屋，將這個男人的頭髮用繩子綁起，命他靠近受刑台裸露背部，雙腿屈起綑綁後，女人頭戴烏紗帽，身穿束腳寬袴以男裝打扮，慎重其事地鞭笞男人背部整整八十下。之後問男人感覺如何，男人回答：『還不錯。』女人說：『我就知道你很厲害。』遂以竈土溶於水命他吞服止血，又給他喝上等醋，把土掃乾淨讓他躺臥，休息片刻後叫他起來，見他已恢復如常，於是之後照例給他送來豐盛的食物，令他好生將休養了三天，等到身上的傷即將癒合時，又把他帶到前日之處，同樣綁在受刑台依照上次

12 舊稱《宇治大納言物語》，為平安時代末期的民間故事集。芥川龍之介稱《今昔物語》為日本古代的「人間喜劇」。

的數目笞打，一下接一下打得他血肉橫飛，整整打了八十下。然後問他：『受得住嗎？』，男人面不改色地回答：『受得住。』這次女子比起第一次更是大加讚賞，好生慰問後，又讓男人休息了四、五天然後同樣鞭笞，即便如此男子還是同樣聲稱受得住，於是把他的身子翻過來鞭笞腹部。即便如此男人依舊若無其事，於是女子盛讚不已……」

後世的女賊及毒婦之流雖亦不乏殘忍的女人，但像文中女子那麼嗜虐，尤其喜歡鞭笞男人取樂的例子，即便是荒唐無稽的民間怪談話本亦不常見。

這個例子雖然有點極端，但無論是前述敦兼的例子，或是這個女賊㈣，平安王朝的女人似乎動不動就在男人面前處於優越地位，而男人對女人似乎也格外溫柔體貼。看《枕草子》便知作者清少納言在宮廷經常把男子數落得灰頭土臉，如果閱讀當時的日記、物語、贈答的和歌亦可窺知，女人多半受到男人尊敬，有時甚至是男方主動表現出苦苦哀求的態度，絕對不像後世的女子任由男子的意志蹂躪。

8

《源氏物語》的主角，家中妻妾成群，因此就形式而言等於是把女人當成玩物，但在制度上「女人是男人的私有物」，這點與男人在心裡「尊重女人」不見得互相矛盾。就算是自己的財產，也有一部分屬於貴重物品。自家佛壇上的佛像，當然是自己的私有物品，但人們還是會跪在佛像前，雙手合十，深怕不夠虔誠會受到懲罰。在此我想關注的問題，不是從經濟組織與社會組織審視婦女的地位，而是那代表男人在女人的身影之中或許感受到「比自己更崇高」、「更高貴的形象」。書中的光源氏對藤壺那種憧憬愛慕之情，雖未露骨地表現出來，但不難想見應是略微近似那種感覺。

9

西方的騎士精神中，武士的忠誠與崇拜的標的是「女性」。他們為了自己尊敬的女性被逼著進步、提升自我、受到激勵、獲得勇氣。「充滿男子氣概」與「仰慕女人」是一致的。即便到了近代這種風俗依然不變，就像納爾遜將軍與情婦漢密爾頓夫人，約翰·史都華·彌爾[13]與其夫人的關係，在東方幾乎完全找不到類似的例子。

為何在日本，隨著武家政治興起與武士道確立，卻開始鄙視女性、視女性為奴隸呢？為何「溫柔對待女人」無法與「展現武士風範」一致，必然會被視為「流於懦弱」？這是個有趣的問題，不過一旦探討起來恐怕篇幅過長，況且日後想必也有機會觸及這個問題，因此此處暫且不論，總而言之，在國情如此的日本，高尚的戀愛文學自然不可能發達。的確，西鶴與近松的作品就某方面而言想必絕對不比西方作品遜色。但坦白而言，德川時期的戀愛文學，即便是再怎麼天才的作品畢竟仍是庶民文學，光是這點就「難登大雅之堂」。這也難怪，他們自己貶低女人，貶低戀愛，又怎麼可能創作出氣象高邁的戀愛文學呢？在西方，即便是但丁的《神曲》，不也是出自這位大詩人對貝德麗采的初戀情懷？除此之外，無論是歌德或托爾斯泰，這些被人尊為萬世楷模的大師寫的作品，即便描寫通姦，描寫失戀自殺，處理在道德上相當禁忌的場景，但其格調之高，終究不是我們的元祿文學[14]能夠比肩。

---

13 約翰・史都華・彌爾（John Stuart Mill，1806-1873），英國哲學家、經濟學家。

14 元祿文學，以元祿年間為中心，在京阪地區發達的庶民文學。包括小說、俳諧、戲劇等，是近世文學的巔峰期。

10

雖然西洋文學的確對我們造成種種影響，但最大的一個影響，我認為其實是「戀愛的解放」——如果說得更直接，是「性欲的解放」。明治中葉盛極一時的硯友社[15]文學大半還帶有德川時代的通俗作家氣質，但緊接著《文學界》及《明星》一派[16]的運動興起，到了自然主義流行時，我們已完全忘記我們的祖先鄙視戀愛與性欲的謹慎自制，拋棄了舊社會的禮儀。不妨試將紅葉的作品與紅葉之後的大作家漱石的作品比較，想必能看出二者對女性的看法有顯著差異。漱石雖是首屈一指的英國文學家，但他絕非作風洋派的人，毋寧是東方文人型的作家，但在他的作品《三四郎》及《虞美人草》出現的女性及描寫方式，是紅葉的作品難以見到的，此二位的差異不是個人的差異，是時勢的差異。

文學在反映時代的同時，有時也會領先時代一步，顯示時代意志的方向。《三四郎》及《虞美人草》的女主角，不是舊日本以溫柔婉約為理想的那種女性後裔，我總覺得比較像是西洋小說中的人物，但就算當時這種女人實際上並不多，社會也期望，並且夢想著早晚會有所謂「自覺的女性」出現。與我生在同一時代，與我同樣有志文學的當代青年，想必多多少少都抱有這樣的夢想。

然而，夢想與現實往往難以一致。日本女性背負古老又漫長的傳統，要把她們抬高到西方女性的地位，無論在精神或肉體上都需要歷經數代傳承的淬練，不可能在我們這一代就充分實現。簡而言之，首先就要培養西方那種姿態之美、表情之美、走路方式之美。為了讓女性得到精神上的

15 硯友社，明治十八年（1885）由尾崎紅葉、山田美妙、石橋思案等人組成的文學團體。

16《文學界》推動了明治二〇年代的浪漫主義。而明星一派，則是因詩歌雜誌《明星》集結的詩人、歌人，是明治三〇年代浪漫主義代表。

優越，必須先從肉體開始準備，這點無庸贅言，但仔細想想，西方在遙遠的過去有希臘的裸體美文明，今日在歐美都市所到之處的街頭仍然有神話女神的雕像豎立，因此在這種國家與城市長大的婦女們，當然擁有勻稱、健康的肉體，我們國家的女性若要真正擁有與他們同等的美，就必須生活在與他們相同的神話中，把他們的女神當成我們的女神來景仰，將他們數千年來的美術移植到我們的國家才行。到現在我才敢招認，青年時代的我就是做著這種無藥可救的美夢，並且對於美夢不易實現深感惆悵的其中一人。

11

我在想——正如精神也有所謂「崇高的精神」，肉體應該也有所謂「崇高的肉體」。而且擁有這種肉體的日本女性寥寥無幾，縱使有，壽命也非常短暫。西洋婦女到達女性美巔峰的平均年齡是三十一、二歲——也就是婚後數年之間，但在日本，從十八、九歲頂多到二十四、五歲這段處女期，偶爾也能看到令人嘆服不已的美人，可多半也在結婚的同時便如幻影消失無蹤。偶爾聽說某某氏的夫人或女明星、藝妓豔冠群芳，但那些大抵都只是婦女雜誌上的畫報美女，實際當面一看，皮膚鬆弛，臉上出現黯沉的粉底沉澱及黑斑，眼圈浮現家事操勞或房事過度造成的疲色。尤其處女時代潔白如雪的高聳胸部與盈盈一握的腰部曲線，更是可以說沒有一人能夠保持。最好的證據就是年輕時愛穿西洋服裝的婦女們，到了三十歲左右，肩膀的肉就猛然往下垂，腰部周圍也變得鬆垮，再也撐不起洋裝。到頭來她們的美麗完全是靠和服與化妝的技巧偽造出來的，即便有弱不禁風的綺麗，也沒有足以讓男人跪倒在石榴裙下的崇高美感。

是故西方有可能出現「神聖的淫婦」或「放蕩的貞婦」之類的女人，在日本卻絕無可能。日本的女人在淫亂的同時也失去處女的健康與端麗，血色與容姿都會衰退，變成與賣春婦女無異的下賤淫婦。

12

我記得曾在某本書上看過，據說德川家康在勸誡婦女遵守婦德時曾經表示，常保丈夫寵愛的祕訣，就是妻子不可老是逗留在丈夫的床上，房事後必須盡快回到自己的床上。這是非常了解日本人天生討厭「過度濃烈」才會有此訓示，不過連家康這樣擁有絕佳肉體與意志力的人物都會說出這種話，想來不免令人有點意外。

我曾在《中央公論》雜誌上介紹過室町時代的小說，其中有一個《三人法師》的故事。讀過的人或許還記得，其中一段提到，足利尊氏的家臣當中有個名叫糟屋的武士，不經意窺見宮中的一名女官，頓時陷入情網。看來在南北朝時代，武士之間似乎還留有平安王朝的優雅遺風，後來這件事傳入尊氏將軍的耳中，將軍親自為糟屋寫信牽紅線，派遣佐佐木這名武士充當使者，命他把信送去宮中。「……將軍言此事甚易，親自提筆修書一封，命佐佐木為使者，將信送往二條殿。……」原文中，是由糟屋自述經過：「……回信表示，那是宮中一名叫做尾上的女官，因其身分不便送來武家府邸，可命武士前往宮中相會。此封回函親自送達我等住處令我受寵若驚。主上隆恩，難以報答於萬一。然那時我想到，浮生虛無如夢。縱與尾上女官相會，亦不過一夜之歡。故心生遁世之念。然我轉念又想，世人是否會譏笑我糟屋迷戀二條殿女官，借助將軍之策畫成事，卻又膽怯不敢相見，遂以遁世逃避？屆時將成畢生之恥，不如先做一夜之會，之後且再做打算……」糟屋如此表白自己當時的心情。㊄

儘管對方在身分卑微的武士看來是身分高攀不起的宮內女官，但是一名武士相思成疾，在主公的好意撮合下終於可以美夢成真，欣喜若狂之際，雖然也很感激地說「主上隆恩，難以報答於萬一」，緊接著卻立刻又說「然那時我想到，浮生虛無如夢。縱與尾上女官相會，亦不過一夜之歡，故心生遁世之念」就顯得心理格外異常了。這若是平安王朝的貴族或許另當別論，但是身為尊氏將軍的部下，一個想必早已身經百戰的亂世武士竟做出如此感懷，豈非更加不可思議？

我記得西洋有句諺語，大意是說「數鳥在林不如一鳥在手」。然而，這個武士面對本以為高不可攀只可遠觀的女子，意外將落入自己懷抱之際，那種喜悅尚未實現，照理說應該正沉浸於即將到來的幸福預想中，卻說「浮生虛無如夢」，早早抱定遁世的想法。最後，他雖然改變想法，認為「……卻又膽怯不敢相見，遂以遁世逃避？屆時將成畢生之恥」，但他並沒有那種得到了就打死不放手，索性盡情歡樂到底的想法，而是抱著「不如先做一夜之會，之後且再做打算」的心態去見意中人。這種心理想必只有日本人才會有，不僅西洋人沒有，恐怕連中國人也沒有。

13

前述家康提出的訓誡，或許並不適用於非常態的畸戀及暫時性的熱戀，但至少對於經營正規婚姻生活的人而言，是非常適切的警語，其實比起妻子，做丈夫的想必人人皆有切身體會——只要是日本人。我也經常有這種感覺，對妻子自然不消說，即便對情人，完事後短期之內——最短兩、三分鐘，長的話則是一晚以上甚至一星期、一個月——往往只想一個人靜一靜。回顧過去的戀愛生活，不會讓人產生這種感覺的「對象」與「場合」屈指可數。

這想必存有種種原因，但總而言之，日本男性在這方面比較容易疲勞。而且，由於疲勞出現得早，那會影響神經，令人感到自己好像做了什麼膚淺空虛的事，於是心情黯淡，變得消極。或者那種鄙視戀愛與色情的傳統思想已深入腦海，所以令心情憂鬱，反而影響肉體也未可知，但總之不管怎樣，我們的確是在性生活方面極為淡泊、無法忍受過度淫樂的人種。即便詢問在橫濱與神戶這類對外貿易港討生活的妓女，也可發現這的確是事實，據她們表示，和外國人比起來，日本人在這方面的欲望遠遠更加稀少。

14

然而，我並不想把這個現象一概歸因於我們的體質虛弱。就算我們今後大力推廣運動（順帶一提，西洋人熱愛運動肯定與他們的性生活有密切相關。這和為了飽啖美食故意先餓肚子是同樣的意思），擁有與西洋人一樣的強壯肉體，是否真的就能像他們那樣精力旺盛恐怕仍是個疑問。我們在其他方面是相當活躍、有精力的人種，這點無論參照過往歷史或當前國勢，都是明顯的事實。我們在性欲方面欠缺精力，與其稱為體質問題，或許還是受到氣候、風土、食物、居住環境等等條件的制約吧。

對此令我想到，西洋人如果長期滯留日本，往往會變得思緒遲緩，渾身無力，最後無法工作。因此每四年就得請假回國一次，在故鄉待個一年半載之後再回來，如果沒有那種閒暇，就在日本國內找個氣候比較接近歐美的地方遷居。信州的輕井澤之所以開發，據說完全就是因為這個緣故，簡而言之日本和歐美比起來太過潮濕。就連我們自己，每到梅雨季節都會變得神經衰弱或手腳無力，因此來自沒有梅雨、空氣乾燥之地的人，待在日本這片土地上或許會感到全年都像梅雨季。不過世上當然還有比日本更潮濕的地方。我的友人之中有位上班族長年任職印度的孟買，偶爾歸國時聊起，「唉……一年到頭都悶熱得要命，黏糊糊的，實在受不了。與其再去那種地方受罪，我寧願辭職。」對方如此表示。「但你不是可以經常回國嗎？」我問。「四年才回來一次太慘了。不信你在那裡長居試試，任誰都會變笨，渾身上下好像連骨髓都會腐蝕，所以不管日本人或者西洋人都不想去。」對方說，最後他真的離職了。不過在眾多旅日外國人之中，肯定也有人對於自己被派遣到日本，頗有日本人被派遣到孟買那樣的感觸。

太乾燥的土地是否也會影響健康這我不清楚，但不只是性欲，比方說吃多了油膩的食物或喝多了烈酒，在所有過度糜爛的狂歡之後，唯有接觸令人倏然腦清目明的清新空氣，仰望蔚藍無雲的晴空，才能恢復肉體疲勞，令頭腦再次清醒。但是潮濕的國家雨水自然多，因此看到藍天的時間相對較少，尤其是島國的日本。或也因此，除非是遠離海岸的高原，否則即便冬天也空氣陰濕，吹南風的日子被黏膩的海風弄得整張臉油膩膩地冒汗、頭痛不已的情形更是屢見不鮮。我不是旅行家，所以不敢武斷地下定論，但是放眼日本全國，論及降雨較少，氣候溫暖乾爽，而且交通還算便利的地方，恐怕只有我現在居住的六甲山麓一帶，以及沼津至靜岡一帶的沿岸吧。有一陣子醫生都勸身體虛弱的人前往海邊易地療養，東京的話就去湘南地方，京阪一帶則是流行去須磨、明石一帶療養，至今也仍然可以看到從鎌倉附近搭車往返東京通勤的人，但依照我的經驗，沿海地區在冬天的確很溫暖，但相對地，吹起那種黏膩溫濕海風的日子也不少，衣服動不動就沁染濕氣，腦袋也發燙發熱暈呼呼。一月或二月還好，到了三、四月更嚴重。如果到了悶熱的夏天，鎌倉的氣溫會比東京更高，真不知他們為何非要自找罪受，去那種水不好喝蚊子又多的地方避暑。就拿我來說，許是因為頭暈的症狀比人嚴重，昔日也曾住過鵠沼和小田原，但是幾乎沒有一天不感到頭部隱隱作痛，尤其在小田原更是罹患嚴重的神經衰弱，體重劇烈減輕。在京阪時去須磨、明石也一樣，從那裡往西到中國地方一帶本來就雨水稀少，所以乍看之下很晴朗，但不知何故，空氣總給人黏呼呼的黏膩之感，從櫻花綻放時就開始悶熱，到了傍晚無風的夏季更是手腳無力渾身發軟，自己的身體固然不用說，即便是看海或是看綠葉，都像剛畫好的油畫般油亮亮的，冒出水氣。

因此，日本這個國家的中樞地帶大部分都是這種黏膩的氣候，完全不適合放浪狂歡。法國那邊據說就連盛夏酷暑時節汗水都會自動晾乾，肌膚絕對不會有黏膩感。在那種地方當然可以不知饜足地沉溺性欲，如果安靜坐著不動也會頭疼犯懶，絕對不會有心思想那種香豔的遊樂。實際上，碰上瀨戶內海地區傍晚無風的時節，就連喝一點啤酒都會立刻渾身濕黏，浴衣的領口與袖口沁染油汗，光是躺著不動就好似全身上下都要融化，這種時候自然無欲無求，想到房事也只會盡倒胃口。況且，氣候既是如此，食物自然也很清淡，居住形式也是開放式，這些都大有影響。貝原益軒[17]之所以建議白晝行房，正是日本這種風土特有的健康方法，而且趁著天氣晴朗這樣晒晒太陽，事後泡個澡再在附近散散步，想必不至陷入憂鬱心境，疲勞也能早早恢復，可惜普通民宅的格局並沒有密閉的房間，因此這個方法終究難以實行。

15

如此說來，印度及中國南方一帶濕氣嚴重的地區，居民在那方面的欲望應該比我們更淡泊，可是實際上似乎並非如此。他們攝取比我們更油膩的食物，住在格局更有隱密性的房子，生活似乎相當縱欲。但相對而言，顧及中國自古以來經常被北方征服的歷史，再看看印度的現狀，或許他們在那方面消耗太多精力了。物資豐富的大國人民想必還無所謂，但是像日本人這樣活動頻繁、性子急躁、逞強好勝、而且生在貧瘠島國的人，終究無法那樣效法吧。無論是好是壞，總之我們必須刻苦勤勉，武人鑽研武術，農夫辛勤耕作，終年不知懈怠地勤奮工作否則無以立國。若稍微放

17 貝原益軒（1630-1714），江戶時代的本草學者、儒學者。

鬆，繼續平安王朝貴族公卿那樣的安逸生活，恐怕立時會遭到鄰近大國的侵略，步上與朝鮮、蒙古、越南相同的命運。這種情形古今毫無變化，而且我們是好勝心非常強烈的民族。我們今天雖在東方卻能躋身世界一等國家之列，想必就是因為我們不貪圖尋歡作樂之故。

16

我們是個視露骨示愛為鄙俗，而且性欲淡泊的民族，因此即便閱讀我國的歷史，向來也不會明文記載女性在幕後活動的記錄。我基於職業關係，常常起意以過去的人物為題材撰寫歷史小說，但每次最困擾的就是完全不了解那個人物周圍的女性動態。不消說，歷史上的英雄豪傑必然在私底下以某種形式發生過戀愛事件，毫無忌憚地描寫那種方面才能夠讓人物生動立體，昔日豐臣秀吉送給側室淀君的情書就是非常寶貴的資料，但那種文獻資料流傳下來的並不多，就算偶爾有，也是專業的歷史學家耗費大量時日，好不容易才蒐集到的一、兩則。甚至是歷史上的知名人物亦然，有時連他有無正室都不知道，縱使可以確定有母親，也不知母親的身世背景與姓名，這大概是看過諸家系譜的人常有的感想吧。其實日本自古以來的系譜學，上起皇族下至一般家族，在描寫男性的行動方面向來比較詳細，而女性的部分卻只注明「女子」或「女」，通常不會寫上生卒年及名字。換言之，我們的歷史有個別的男性，卻沒有個別的女性。正如系譜所示，永遠只是一個「女子」——或者一個「女」字。

17

《源氏物語》有〈末摘花〉一卷。替源氏牽紅線的大輔命婦這個女人，某日閒聊時向源氏提及已故長陸宮親王的女兒，「未知心性樣貌如何，但覺此女生性好靜，不喜與人交際，有時晚上前去訪視，亦是隔物交談，似乎只將古琴視為知己好友。」於是在某個秋夜二十日左右，在月亮即將出來時，源氏悄悄前往荒涼的親王府邸找遺世獨居的皇女幽會。女子一直很害羞，最後在命婦種種勸說下，畢竟不好意思強烈否決別人說的話，方才說道，「若只需默默聽對方說，不用我回話也沒關係的話，那我就隔著格子門見他一面。」命婦說讓人家待在門外太失禮，於是讓源氏進入客室，在客室與內室中間隔著紙拉門讓二人相會。源氏看不見女子的模樣，卻感到：「小姐被命婦勸說，挪移位置向前時，動作悄然，一縷衣香襲來，惹人憐愛。」而且無論源氏在紙門這頭如何費盡唇舌，小姐都不發一語。最後源氏只好吟詠：

千言萬語終無回音
幸未遭拒且續傾訴

躲在紙門後面陪同小姐的侍女，遂代替小姐回答：

豈敢敲鐘拒君之言
為何無語妾亦懵然

經過這樣的對話過程，最後源氏推開紙門闖入內室，終於與小姐共度良宵，但是室內太暗還是看不清對方的相貌。於是源氏始終不知小姐的長相就這麼幽會了好一段時期，某個下雪的清晨，他親自打開面向院子的格子門凝望草木雪景，憾恨地說，「何不同賞天空美景，如此疏遠叫人難堪。」跟隨小姐的嬤嬤們也慫恿，「您就快去吧，可別失了禮數。」小姐終於梳妝打扮整齊，第一次走到明亮的光線下。

〈末摘花〉的故事寫道，源氏直到此刻方知這位小姐有紅鼻頭，當下大為掃興，成了一樁滑稽談，不過這樣的滑稽事件能夠成立，可見連對方長相都不知道還能長期私通的情形在當時顯然很普通。首先，就拿牽線搭橋的大輔命婦來說，既然她說「未知心性樣貌……有時晚上前去訪視，亦是隔物交談」，可見她尚未親眼見過小姐，想必每次都是隔著帷帳之類的東西講話，「終日以彈琴為樂」也只不過是隨便說說。用這種說詞唬弄的人固然不對，但是傻乎乎地上當赴約，連對方的廬山真面目都不知道就這麼共赴雲雨巫山，以現代人的觀點看來男方未免也太好奇了。想來若是注重個性的現代男子，當作一夜風流逢場作戲或許還有可能，要在那種情況下真正享受戀愛，恐怕做夢也沒想過吧。但，正如前面也提過的，在平安時代的貴族之間，這其實是很普通的情形。女人是名符其實的「深閨佳人」，終日躲在翠帳紅閨之內，而且當時的房子又採光不良，就連白天都很昏暗，遑論燈火朦朧的夜晚，即便共處一室耳鬢廝磨，想來也不容易認清對方面目。換言之，當時的女人就是在這種昏暗的地方，深鎖在屏帳或簾子等重重帷幕後面生活，因此男人憑感覺接觸到的女人，只是衣服摩擦的聲音，焚香的氣味，即使近身接觸，也頂多只是伸手摸索到的肌膚觸感，以及長髮披散的觸感。

18

在此要扯個題外話，十餘年前，我曾在現在的北平，當時的北京滯留，感到夜晚非常黑暗。近年來那個都市好像也有市內電車了，街道想必也變得明亮熱鬧，但當時正值世界大戰期間，除了城外的風化區和戲院這種鬧區之外，天一黑真的是伸手不見五指。大馬路好歹還透出零星燈光，但只要稍微拐進旁邊的巷子，立刻一片漆黑，連螢火般的微光都看不到。因為那一帶的房子都圍著高聳的土牆，彷彿小型城堡，門口也有毫無縫隙的木板門深鎖，門內還有面宛如屏風喚作影壁的矮牆，等於雙重、三重深鎖，所以家中不會洩漏絲毫燈影或人聲，只有宛如詭異廢墟般的高牆在黑暗中默默蜿蜒。起初我不以為意地走在牆壁與牆壁之間的狹窄小路，但不管走到何處，黑暗都太濃密，太安靜，不久我就感到難以言喻的恐懼，彷彿被什麼追趕似地拔腿狂奔。

不過近代的都市人並不知道真正的黑夜。不，就算不是都市人，這年頭連相當偏僻的鄉下地方都有鈴蘭形狀的路燈裝飾，黑夜的領土逐漸被驅逐，人們已經忘記什麼是夜晚的黑暗。當時我走在北京的黑暗中，心想，這才是真正的夜晚，原來我遺忘夜晚的黑暗已久。然後我想起自己幼年時，在朦朧的燈籠光暈下睡著的那些夜晚，是多麼淒涼、寂寞、詭譎、空虛徒勞，竟油然生起一種不可思議的懷念。

至少生於明治十幾年的人，想必還記得當時的東京夜晚街頭就像北京一樣。從位於茅場町的我家到親戚位於蠣殼町的住處，過個鎧橋頂多只有五、六百公尺距離，我記得當時經常和弟弟一起氣喘吁吁地拔腿狂奔。

當然那時就算是老街的中心區，女人也不可能夜間獨自在外行走。十年前的北京，四十年前的東京都已是那樣，距今將近千年前的京都夜晚還不知有多麼黑暗與靜謐呢。想到這裡，我想起「黑色珠玉般的夜晚」和「夜的黑髮」這些說法，彷彿可以清楚讀取到當時的女人渾身縈繞不去的某種幽婉、神祕之感。

19

「女人」與「夜晚」無論古今皆密不可分。但是現代的夜晚擁有勝過太陽光線的眩惑與光彩，鉅細靡遺地照亮女人的裸體，反之古代的夜晚籠罩神祕的黑紗帳，把女人隱藏的身影籠罩得更神祕㈥。諸位有必要記住，昔日武將渡邊綱在戻橋遇見鬼女，源賴光被蜘蛛精襲擊，都是在這種淒涼的夜晚。有首和歌是「住在江邊浪拍岸，寤寐苦思夢難見」，還有「思君情切盼入夢，反穿衣裳孤枕眠」，另外還有關於古人描繪夜晚的種種和歌，這麼一想才開始湧現切身感受。想來在古人的感覺中，白晝與黑夜應是截然不同的兩個世界。白晝的光明與夜晚的黑暗，是多麼巨大的差異啊。黎明來臨後，昨晚的黑暗世界頓時退到千里之外，天空蔚藍無雲，太陽閃閃發光。仰望那白日光明，想到昨夜，夜晚實在是若有似無不可思議的幻影，好像不屬於這個世界。和泉式部歌詠「枕臂入睡，春夜恍如夢」，回想那縹緲短暫的夜晚，即便不是和泉式部肯定也會感到「恍如夢」。

女人其實就躲在那暗夜的深處，白天不見蹤影，只是在「恍如夢」的世界如幻影出現。蒼白似月光，寂寥若蟲鳴，脆弱如草上露珠，簡而言之，是黑暗的大自然產生的淒艷魑魅之一。昔日男女對歌經常以月亮或露珠譬喻戀情，絕非我們想像中那種輕浮意味的比喻。共度春宵後的翌晨，想像男人任由露水沾濕衣袖踩著庭前草葉離開的情景，露水，月亮，蟲嗚，戀情，彼此的關係緊密結合，有時甚至會感覺渾然融為一體。雖然有人攻擊《源氏物語》以後的古典小說，認為文中婦女的性格似乎千篇一律，沒有描寫出個性，但古代男人並非愛上婦女的個性，也不是被某個特定女子的容貌美、肉體美吸引。想必對他們而言，一如月亮永遠是同樣的月亮，「女人」也永遠是同樣一個「女人」。他們在黑暗中，聽著窸窸窣窣的聲音，嗅聞衣裳的香氣，觸摸柔滑的秀髮，憑著摸索感受滑嫩的肌膚觸感，而且黎明來臨時那些東西彷彿都會消失無蹤，想必那就是他們心目中的女人吧。

20

我曾在小說《食蓼蟲》中，假借主角的感想，如此描述文樂座劇場的人偶戲表演㈦——

……長久凝視之下，最後連人偶師也逐漸自眼中消失，小春如今已不再是文五郎抱在手裡的精靈，而是好端端坐在榻榻米上，鮮活自有生命。但就算那樣，還是和演員扮演的感覺不同。梅幸與福助的演技縱使再怎麼高明，還是會覺得「那是梅幸」、「那是福助」，可是這個小春純粹就只是小春而已。缺乏演員那樣的表情若說美中不足的確也是，但是，想來昔日煙花女子也不會像戲劇表演那樣將喜怒哀樂形諸於色吧。生於元祿時代的小春，想必是「宛如人偶的女子」。就算事實並非如此，總之來聽淨琉璃的人們夢想中的小春，不是梅幸或福助扮演的那個小春，而是這個人偶的模樣。昔日人們理想中的美人，肯定是不輕易表露個性，內斂端莊的女子，因此才覺得這個人偶好，如果擁有更多特長說不定反而會覺得礙事。古人或許認為小春、梅川、三勝、阿旬都是同樣的長相。換言之，這個人偶小春才是日本人的傳統中「永恆的女性」的模樣吧……

這點不只是針對單人人偶表演，觀看繪卷及浮世繪的美人也會有同樣的感想。根據時代與作者的不同，美人的類型雖也有幾分變化，但自鼎鼎大名的隆能源氏[18]之後，繪卷中的美女臉孔各個都如出一轍，毫無個人特色，說到平安王朝的女人，甚至會懷疑大家是否都長得一樣。浮世繪也是，除了演員的肖像畫另當別論，至少在女人的臉孔方面，歌麿有歌麿偏好描繪的臉孔，春信也有春信喜歡的長相，同一位畫家會不斷畫出同樣的臉孔。他們作為繪畫題材的女人種類，雖有妓女、藝妓、商家姑娘、侍女以及其他各種類型，但只不過是給同樣的臉孔配上不同的穿著及髮型罷了。而我們，從每位畫家描繪的眾多理想美女的五官，可以想像共通的典

18 隆能源氏，以《源氏物語》為題材的長幅繪卷。據說出自平安時代優秀的宮廷畫師藤原隆能之手，故稱為「隆能源氏」。

型「美人」。無庸贅言，昔日浮世繪的巨匠們，當然不缺乏分辨模特兒個人特色的能力，也不是沒有將那種特色描繪出來的技巧。想必他們只是深信，這樣抹除個人色彩會更美，那才是畫家應有的操守。

21

通常談到東方式的教育方針，想必和西方相反，應該是盡量抹殺個性吧？比方說文學藝術，我們的理想不是獨創前人未到的嶄新美感，而是讓自己也到達古代詩聖與歌聖到達的境界。文藝的極致——所謂的美，自古以來一直是唯一且不變的，歷代的詩人與歌人反覆吟詠那個，努力試圖攀登頂點。有首和歌曰「山路多分歧，共看高嶺月」，芭蕉的境界簡而言之就是西行法師的境界，雖然因應時代的變遷在文體與形式有所差異，但目標到頭來還是只有一個「高嶺之月」。在這點，繪畫比起文學——尤其是看南畫，更能夠理解。南畫這種文人畫的長處，在於不管是畫山水或竹石，即便因作者不同在技巧上有種種差異，但從畫裡感受到的神韻（不知該稱為禪味，還是風韻，或煙霞之氣？）與彷彿已入悟道境界的崇高美感是一樣的，南畫畫家嘔心瀝血的目的說穿了就是為了這種氣韻。南畫畫家經常替自己的作品提筆注明「此乃模仿某某人筆意」，換言之就是盡量讓自己放空，踏襲前人的足跡，由此想來，古代中國畫的贗作多，而且善於仿製贗作的人多，或許不見得是出於欺騙別人的動機。對他們來說，個人的功名不是問題，說不定他們覺得努力讓自己與古人契合更有樂趣。最好的證據就是雖說是偽造其實畫得非常精緻，要畫出這種贗作，必須有非凡的手腕和旺盛的創作熱情，倘若計較利害得失絕對畫不出如此成果。既是以窮究古人的美學境界為主眼，不求伸張自己的主張，那麼作者的名字是誰都無關緊要了。

孔子以還政堯舜為理想，經常提倡「先王之道」。這種不斷以古人為模範，企圖復古的傾向，正是阻礙東方人進步發展的原凶，無論好壞，我們的祖先都有那種心態，在倫理道德的修養上也是，樹立自我在其次，還是將遵守先哲之道放在第一。尤其是女人，似乎抹殺自我，排除私人感情，放棄個人優點，努力把自己套入「貞節烈女」的典型。

22

日文有個名詞叫作「色氣」。要翻譯成洋文有點困難。雖說最近埃莉諾·格林發明的「it」[19]這個名詞自美國傳入日本，然而與色氣的意思還是大不相同。像電影裡的克拉拉·鮑那種類型就擁有豐沛的it，但她恐怕是與色氣最沾不上邊的女人。

昔日經常說，家中有公婆的人，妻子反而會更有色氣，令丈夫為此竊喜。今日的新郎新娘，就算高堂健在也多半分居，因此或許有點無法理解那種心態，妻子在公婆面前循規蹈矩，私底下卻纏著丈夫撒嬌要求愛撫——從她恭敬乖順的態度中多少能夠窺見那種跡象——那個樣子，令無數男性感到難以言喻的魅惑。比起放浪形骸的豪放女，將愛意壓抑在內心，偏偏想藏也藏不住，不時在無意識中顯現在言詞及動作之間，那樣反而更加挑動男人的心弦。所謂色氣，想必就是這種愛意的微妙感受。假使表現得超過了幽微、纖弱之感，愈是積極主動反而愈會被視為「缺乏色氣」。

色氣本來是無意識流露的，因此有人天生具備，有人則否，沒那種資質的人縱使拼命試圖散發色氣，也只會顯得做作不自然。有人外型姣好卻無色氣，反之，有人面貌雖醜，聲音或膚色、體態卻不可思議地充滿色氣。在西方也是，如果針對每個女人一一檢視肯定也有這種區別，只是化

19「it」，指性魅力。原為美國女作家埃莉諾・格林（Elinor Glyn）的作品，改編成克拉拉・鮑（Clara Bow）主演的電影《It》於日本上映後（1927），成為昭和初期的流行語。

妝方法及示愛的手法太有技巧，太挑逗，因此往往抵銷了色氣的效果。

天生具有色氣的人自然不消說，即便缺乏色氣的人，只要盡量把內心深處的愛情——或者欲望——盡可能隱藏，壓抑到更深處時，那種心情反而會醞釀出一種風情。從這個角度想來，以儒教、武士道的精神教育女子——也就是製造女大學[20]式的貞女，就某一面而言，等於是在製造最具有色氣的婦人。

23

東方婦女，在姿態美、骨骼美這方面雖然比不上西方，但是皮膚的美麗、肌理的細緻卻勝過他們。這不僅是根據我個人的淺薄經驗，也是眾多行家一致的意見，西方人也有不少人深有同感，我其實還想更進一步說，在伸手觸摸的快感方面（至少對我們日本人而言），東方女人也絕對優於西方。西洋婦女的肉體，無論是色澤或曲線，遠眺時甚感魅力，可是走近一看，肌理粗糙，還長滿汗毛，往往意外地令人掃興。況且，乍看之下四肢修長，好像是日本人喜歡的結實肉體，但實際一抓手腳，肉非常柔軟，軟趴趴的，毫無手感，壓根沒有那種緊緻的充實感。

換言之，站在男人的立場，西方婦人適合觀賞勝於擁抱，東方婦人正好相反。就我所知，論及皮膚之光滑、肌理之細緻當推中國婦人第一，但日本人的肌膚若和西方人相比絕對也是更細膩，膚色雖不白皙，有時還帶點淺黃色，但那反而增加深度，更顯含蓄。畢竟，根據《源氏物語》的古代至德川時代的習慣，日本男人沒有機會在光線明亮處仔細打量婦人的全身，總是在燈影朦朧的深閨內，靠雙手摸索著愛撫對方的一小部分，因此自然發展出這種結果。

20女大學，江戶中期以後普及的女誡，作為女子啟蒙的教科書。此處的「大學」不是指教育機構的大學，而是四書五經之一的《大學》。

24

克拉拉·鮑式的「it」，和女誡式的「色氣」，孰優孰劣端看個人喜好，但我憂心的，是今日這種美式暴露狂時代——自從熱歌勁舞流行後女人的裸體已變得毫不稀奇，「it」豈不是要漸漸失去魅力嗎？無論何種美人，一旦脫光便再也沒啥可暴露的，所以大家對裸體如果變得麻木無感，好好的「it」到頭來也會變得再也無法挑逗人了吧。

作者注

㊀詩文日譯參見《倚松庵隨筆》（昭和七年四月刊）注解。

㊁雖然也是西方人，但介紹奈良古美術、發掘狩野芳崖及橋本雅邦這些日本畫家的費諾羅沙（Ernest Francisco Fenollosa，1853-1908）這種人另當別論。

㊂原文參見《古今著聞集》。

㊃《今昔物語》除此之外還有許多關於女賊的記載。已故芥川龍之介的小說《偷盜》，同樣是從《今昔物語》得到靈感，以王朝時代的女賊為主角。

㊄本文的後續曰：「其後且再作打算，於是某夜下定決心，雖不覺已作好萬全之準備，還是稍作打扮後出門，召集三名隨從為伴，跟著帶路者於深夜抵達二條殿，只見氣派的和室內，擺設屏風和中國畫，四、五名同樣年紀的宮女花枝招展地一湧而出領我入室，酒過二、三巡之後，開始品茶、焚香等各種雅戲。之前只有一面之緣，因此我不知哪一位才是尾上女官，眼見各個都是美人兒，正感困惑之際，其中一人拿著喝完的酒杯，朝我緩緩走近，當她依偎在我身旁，用那杯子斟酒給我時，我醒悟這位就是尾上女官，於是接下那杯酒一飲而盡。話說黎明將至，八聲鳥鳴報時，諸寺鐘聲響起，也在催我告別情人，我倆許下山盟海誓後，女官就趁著夜色尚黑離去了。目送她睡亂的髮間隱約露出嬌艷臉龐，綠黛眉，丹華唇，實為美妙風采。當她開門走到簷廊上，忽然詠詩一首：『偶然一相逢，今朝翠袖沾白露。』於是我也回詠一首：『夜袖沾白露，如見伊人在身旁。』其後，我入宮與她相會。她也不時悄悄前往我的住處見面。」如此

看來，雙方見面之後，糟屋終究未守住最初的打算，二人的關係持續了好一陣子，但故事最後，這個女人不久便被盜賊殺害，於是武士糟屋也終於看破紅塵出家，全篇其實還是淡淡的愛情故事。

⑥觀《拾芥抄》（百科事典）〈諸頌〉這一章，列舉古人夜間遇鬼怪時念誦之咒語或咒歌。首先，做惡夢時，就到桑樹下對著樹說出自己做的夢，然後念誦三次：「惡夢著草木，吉夢成寶玉。」或者向東灑水，反覆念誦二十一次：「南無功德須彌嚴王如來。」或者吟唱咒歌：「唐国ノソノ、ミタケニ鳴ク鹿モチカエヲスレハユルサレニケリ」（大意：把中國山岳啼叫的鹿帶回來便可獲得原諒）。走夜路遇到死人時吟唱的咒歌是：「タマヤタカヨミチ我レ行クオホチタラチタラマチタラ黃金チリチリ」（大意：誰的鬼魂啊，我走在夜路上晃呀晃，魂魄與黃金也閃呀閃）。遇見生魂時吟唱的是：「玉ハ見ツ主ハタレトモシラネトモ結ヒ留メッシタカヱノツマ」（大意：這個魂魄的主人不知是誰，快將衣角打結以免被帶走），同時把衣角打結（男性是左邊的衣角，女性是右邊）。聽見妖怪奴延鳥啼叫時吟唱的是：「コミチ鳥ワカカキモトニ鳴キツナリ人マテ聞キツユクタマモアラシ」（大意：怪鳥在我家牆角不停啼叫，令人聽了膽戰心驚）。聽見三屍蟲鳴叫時吟唱的是：「シシ虫ハココニハナナキソシラハ、カシツカヤニユキテナキヲレ」（大意：三屍蟲在此哼鳴，闖入火帳阻擋它）。另外也記載了走夜路時會在左手手心寫一個「鬼」字。

⑦參照改造社出版的《食蓼蟲》第四十五、四十六頁。

厭客

1

記得寺田寅彥[1]的隨筆曾提到貓尾巴，他在文中說，貓有那種尾巴不知有何用處，看似完全無用的累贅，幸好人類的身體沒有那種礙事的贅物云云，但我持相反意見，經常覺得自己若有那種方便的東西該多好。愛貓的人都知道，貓被飼主呼喚名字時，如果懶得以喵聲回應，就會默默甩動一下尾巴尖。當牠在簷廊蜷成一團，前腳規規矩矩地屈起，露出似睡似醒的表情，昏昏沉沉享受日光浴時，你不妨試著喊牠名字，若是人類，大概會懶洋洋地敷衍：「唉，煩死了，沒看到人家難得可以舒舒服服地打盹。」再不然就是裝睡，但貓必然會採取折衷的方法，用尾巴來回應。而且，是身體其他部分幾乎文風不動——同時當然也會抽動耳朵轉向聲音的來源，但耳朵如何暫且不談——半睜半閉的眼睛絲毫不為所動，保持寂然之姿，照舊昏昏沉沉地打瞌睡，一面將尾巴尖微微朝主人甩動一、兩下。如果再次喊牠，牠會再甩一下尾巴。如果執拗地繼續喊牠，最後牠會置之不理，不過至少的確會用這種方式回答兩、三次。人類看到尾巴動，就知道貓還沒睡著，但有時貓本身已半是入眠，說不定只是尾巴反射性抽動。總之用那種尾巴回應的方式帶有一種微妙的暗示，彷彿在表達：雖然懶得出聲但沉默以對也太不客氣，姑且就用這種方法打招呼吧！同時，又好似在說：謝謝你喊我但我現在其實很睏所以請你放過我好嗎？靠那個簡單動作便巧妙表現出似偷懶似客套的複雜心情，對於沒有尾巴的人類而言，這種場合絕對做不出如此靈巧的舉動。雖然貓是否真有如此細膩的心理活動還是個疑問，但是看著貓尾巴的擺動，總覺得牠的確是如此表達。

1 寺田寅彦（1878-1935），日本的物理學家、隨筆家、俳人。

2

我之所以這麼說，是因為別人如何我不清楚，但我自己常常覺得要是有尾巴該多好，有時會很羨慕貓。比方說坐在桌前寫稿時，或是正在思考時，家人突然闖進來訴說雞毛蒜皮的瑣事。這時，我要是有尾巴，只要朝對方甩動兩、三下，就可以不理會對方繼續寫我的文章或繼續專心思考了。更讓我痛切感到需要尾巴，是在被迫招待訪客時。討厭客人的我，除非是與真的意氣相投的同好或敬愛的朋友久別重逢，否則我很少主動與人會面，大體上總是不甘不願地見客人，除非有正事要談，否則若是碰上對方天南地北地閒聊，通常只要十分鐘或十五分鐘我就不耐煩了。於是，我自然變成聽眾，任由客人獨自滔滔不絕，我的心思早已遠離談話主題飛到九霄雲外，完全丟下客人，只顧著追逐自己恣意妄為的幻想，或是投入剛剛還在撰寫的創作世界。因此，雖然我不時接腔說「是」或「嗯」，但是難免變得心不在焉，答非所問，或者沉默太久。有時我驀然察覺自己失態，會趕緊打起精神，但那種努力也維持不了太久，過不了幾分鐘立刻又開始神遊天外。這種時候我會想像自己有條尾巴，屁股忍不住發癢。而且我會搖搖想像中的尾巴來代替「是」或「嗯」，就此應付了事。遺憾的是想像的尾巴畢竟和貓尾巴不同，客人看不見，但就我個人的感受，搖不搖尾巴多少還是有些不同。儘管客人看不出來，但我自認至少已經藉由搖尾巴做出回應了。

3

話說，我究竟是從幾時變成這樣——懶得與人說話，討厭見客——甚至到了羡慕貓尾巴的地步？仔細想想，連我自己也說不清是什麼原因變成這樣。像辰野隆[2]這樣的老朋友都知道，中學至一高、大學時代的我絕非現在這樣沉默寡言。辰野固然是出名的健談，但我也能言善道毫不遜色，仗著東京人特有的伶牙俐齒，很擅長把人唬得七暈八素，大發警語耍弄詼諧也絕不落於人後。這樣的我漸漸變得沉默，是在我開始寫作之後，但若問我是因為變得沉默才討厭見客，還是討厭見客才日漸沉默，我想應該是討厭見客——換言之是討厭交際應酬——在先。至於開始寫作後為何會討厭交際應酬，這自然是有種種理由，但身為東京日本橋老街的投機客之子，我有種莫名的自負，頗為厭惡當時號稱文人藝術家的那幫人醞釀出的鄉巴佬氛圍。他們之中偶爾也有土生土長的東京人，但以早稻田派的自然主義者為首，多半是鄉下人，醞釀出的氛圍總免不了有點土氣。我也曾稍受感染，把頭髮留長，或是穿著邋遢的衣服，但不久我就厭煩了，從此努力裝扮得不像文人雅士。穿西式服裝時就穿正式的西裝，或是黑色外套配條紋長褲，再不然就是燕尾服，帽子最常戴禮帽；穿和服時就穿結城綢或大島綢外罩素色大褂，每次總是扎緊硬挺的窄腰帶，打扮得像工商階級人士，乍看之下像是商店的少東家。我這種行為招來小山內[3]等人的反感，批評我故作店東姿態，如此一來我當然也漸漸疏遠了昔日夥伴。討厭鄉土氣的我，自然也討厭書生氣，因此除非真的是我認為值得交談的對象，否則我不再與人爭辯文學或藝術論點。而且我的信念是，從事文學者毋須結交朋黨，盡量孤立反而更好，這個信念至今依然絲毫未變。我之所以景仰小說家永井荷風[4]，就是因為他是貫徹這種孤立主義的實行者，沒有哪個文人可以像他這麼徹底地執行這種主義。

2 辰野隆（1888-1964），日本的法國文學家、隨筆家。與谷崎自府立一中同學以來便是好友。

3 小山內薰（1881-1928），活躍於明治末期至大正、昭和初期的劇作家、舞台導演、評論家。

4 永井荷風（1879-1959），小說家，耽美派文學的開創者。

4

因此，起初我雖討厭交際應酬，但我並不覺得自己變得沉默。只是因為與人接觸的機會少，自然較少開口，如果真要叫我說話，說多少都沒問題，秉持與生俱來的巧妙口才，流暢輕快的江戶腔，我以為只要我願意，隨時都可以發揮自如。事實上起初也的確如此，但凡事皆是用得少自然會功能減退，不知不覺我真的變得口齒笨拙，即便想如同以前那樣滔滔不絕也訥口難言，如此一來對說話自然也失去了興趣。於是到了六十三歲的今天，討厭交際與沉默寡言的毛病愈發嚴重，連我自己有時也束手無策。說到沉默，吉井勇[5]或許比我更厲害，但吉井並不討厭交際，雖然沉默寡言，但一直保持笑容態度親切，而我只要稍有不滿就立刻形諸於色，一旦覺得無聊，當著別人面前也照樣打呵欠。不過我喝醉之後倒是會變得比較想說話，但是開口之後，終究無法像以前那樣口若懸河，因此最後只不過是比平日稍微饒舌，聲調稍微提高罷了。對於現在的我而言，日常生活中最痛苦的，就是招待訪客。若是為了有意義的事，就算痛苦也好歹可以忍受，可是如前述所言以孤立主義為信條的我，現在的想法是：只要在想見之時，與想見之人，在我滿意的時間範圍內見面即可，其他人最好還是盡量別見面。因此不得不說來拜訪我這種人的客人很可憐。但儘管如此，訪客還是川流不息。戰時疏散到鄉下避難暫時逃過一劫，可是在京都定居後，客人一天比一天多。

5 吉井勇（1886-1960），大正、昭和時期的歌人、編劇。

5

況且，隨著我最近步入老年，也有了正當理由把長年以來的孤立主義進一步強化。畢竟，雖然我討厭交際，六十幾年來認識的朋友累積起來也不少，若與年輕時相比，現在的交際範圍也變得相當廣。年輕時或許有必要盡量認識更多的人、見識更遼闊的世間，但以我的情況，今後不知還能活幾年，而且想趁自己活著時完成的工作計畫也已大致定案。考慮到工作的分量之大，在我有生之年恐怕難以完成，故我傾盡餘生，按照預定計畫表一一遂行就已竭盡全力，幾乎已無必要再去認識他人或見識世間。我對他人的要求也只有千萬別來擾亂或阻撓我的預定計畫，如此而已。不過這麼一說，聽起來或許好像我非常勤勉用功，分秒必爭地熱心投入工作，其實正好相反，我從年輕時就比人慢半拍，寫作速度遲緩，老來更有種種生理障礙纏身——比方說肩膀僵硬、眼睛酸澀、神經痛導致手腕疼痛⋯⋯等等，因此那種習性變本加厲，即便只是寫一張稿紙的內容，中間也得去院子散散步或是繞著房間轉圈子休息一下，否則毫無耐心堅持下去，因此即便說是在工作，真正執筆的時間其實不多，放空休息的時間遠遠更多。換言之，一天之中萬事俱備、順風順水洋洋灑灑動筆的時間其實寥寥無幾，因此一旦有人來打擾，受害也會更嚴重。有人上門來說只要五分鐘或三分鐘就好只是想見我一面，但是被那三、五分鐘打斷難得出現的靈感後，就算我回到書房也無法立刻重新投入，三、四十分鐘就這麼倏忽消失，弄得不好甚至就此再也寫不出來，所以被人打擾與時間的長短其實沒有太大關係。於是，如今的我盡可能縮小交際範圍，至少讓那範圍不要比現在更大，盡量不再結識新的朋友。昔日我雖討厭交際但唯有美人例外，有人介紹美人給我認識或美人登門來訪時不在此限。但是現在就連美人我也不太歡迎了。因為，至今我雖依然喜愛美人，但年紀大了以後對美人的要求變得吹毛求疵，故普通的美人，尤其是今日所謂的摩登美人，在我看來一點也不美，反而只會令我產生反感。我個人私下訂立了佳人的標準，符合那個標準的人直如破曉晨星，故我不認為那樣的人物會隨便出現。毋寧，我與迄今認識的幾名佳人今後若還能繼續保持來往便已心滿意足，我的老年人生便已充分花團錦簇，毋須更多刺激。

6

拒絕訪客有種種方法，最常用的一招想必就是假裝不在家。對於出面應門的女人小孩而言，與其麻煩地向客人解釋，還是「主人目前不在家」這句話最簡單，但我討厭用這招，因此我告誡家人，務必要以殷勤有禮的言詞表明「主人在家，但是不見沒有介紹信的人」這個意思，徹底擋掉客人。最主要的，還是因為為了客人撒謊讓我很不痛快——若是房子狹小，撒謊之後連廁所都不能去，也不能打嗝打噴嚏。——如果不坦白表明雖在家卻不見客的意思，客人會一而再、再而三來訪，碰上交通不便的時節，對客人也是不小的麻煩。不過若是讓學生去應付客人還好，碰上家裡的女人出面，往往會忍不住多此一舉地說出客套話，還附帶「不巧現在正在忙」這種畫蛇添足的話曖昧其詞。雖然我說：怕什麼，生氣也沒關係，妳要對客人講得更直截了當！但是有些客人會不高興地質問或執拗地死纏爛打，女人碰上這種場面難免優柔寡斷。但我還是堅持不肯見客，故家人每每夾在中間左右為難。若是客人來自東京以外的地方，固然不忍拒絕，可我之所以堅持不見沒有介紹信的人，是因為這個原則廣為人知後，就長遠而言更省事。其中也有人報上我朋友的名字，聲稱與某某老師熟識或者某某老師曾表示要寫介紹信，但我會說，既然如此麻煩您回去向某某君討得介紹信再來。通常這種人就此不再出現。真的拿介紹信上門的人我當然會見，但我的朋友們都知道我這個原則，很少會讓煩人的客人來找我。

7

東京如何我不知道，但在京都，經常受邀出席餐會。若是座談會還能理解，可是我經常只是被邀請去吃吃喝喝。可是，如果出席人數眾多的聚會，自然要交換名片結交新知，光是那樣已經夠困擾了，更何況老年人對食物也跟對美女一樣有種種吹毛求疵的要求，故應邀去吃飯絕非那麼值得高興的事。不過開戰後，若想吃到以前那種料理，除非是有那方面特別吃得開的人帶著去，而且還得大手筆砸錢，否則我們這種普通人難以奢望，因此請客的人想必以為是給了我們莫大的恩惠，同時大概也想藉著招待我們的名目趁機給自己加菜補充營養。說到這裡，最近好像很流行專門以「攝取營養」為目的的奇妙料理。去年我去東京時，別人請我去市郊的某家餐館吃飯，結果端上桌的是鮪魚生魚片、牛排、天婦羅、炸肉排。還有一次是在鄉下旅館，晚餐端出的狼牙鱔[6]火鍋分量多得驚人，翌日一大早就吃牛肉壽喜燒。本以為只有郊區或鄉下才會這樣，結果京都市中心的旅館（？）也供應這種料理，菜色的搭配說不出是日本料理還是中國菜或是西餐，換言之那種出菜的方式，好像是把我們當成平日只吃得到配給糧食的人，所以只要讓我們趁此機會大量攝取營養就行了，完全無視料理的禮儀規矩，是很瞧不起人的小家子氣料理。以我這個年紀而言，已算是胃口很好的人，所以除非東西真的很難吃，否則我通常會把端上桌的東西吃個精光，但每次吃飽之後，總覺得胃裡塞滿了各式各樣亂七八糟的玩意兒不由感到空虛。而且最令人氣憤的是，當日的暴飲暴食導致接下來的兩、三天食欲減退，枉費家人親手替我烹調我愛吃的菜，本想在家好好享受晚餐，卻被我糟蹋了。營養過多的油膩料理對老人的身體有害，相比之下，

6 狼牙鱔屬海鰻科，是日本關西地區夏令進補的高級食材。

還是仔細斟酌使用味噌、醬油等調味料，針對自己喜好烹調的家常菜更討喜，實際上，如今自家使用的材料也比一般的街頭餐館更安心，故除非在自家使用純正的食用油，我絕對不敢隨便亂吃油炸食品。簡而言之，比起宴會聚餐，我寧可在不妨礙自己工作的時候，和自己喜歡的人們一起吃我喜歡吃的料理，然而就連那個，我都沒有那麼大的興致了。

旅行種種

1

根據某位外國旅行家（我記得是德國人吧）表示，日本最不崇洋，並且在風俗習慣建築等方面還保存最多古老日本的美好之處，就是北陸的某某地區。而且那個外國人，很期待來日本能夠去當地旅遊，但他盡量不讓別人知道那究竟是何處。他雖是作家，卻從不在書中提及當地的地名。因為他怕那個地方一旦廣為人知，都市的遊客就會爭先恐後蜂擁而至，當地人也會搞出種種宣傳或裝修設備，結果反而喪失本來的特色。美食家往往也有和這個外國人同樣的想法，即便發現美味的餐廳也不願隨便告訴朋友。看起來好像很不講義氣，但那種餐廳好就好在小門小戶細水長流地做生意，如果變得生意興隆，立刻就會加蓋店面把外觀弄得富麗堂皇，相對地，食材也會改用次級品，烹調時偷工減料，服務態度也變得傲慢。所以最好還是不告訴任何人，自己偷偷去吃，這樣才能永遠享受美食，不至於毀了那家餐館。其實，關於旅行，我也是效法前述外國人想法的其中一人，對於自己喜歡的地方或旅館，除非很要好的朋友殷切相詢，否則我極少會向人提及，更不可能寫在文章中。說來其實很矛盾，假設偶然投宿某家旅館，發現住起來非常舒適，服務親切，費用也很實惠，可是旅館卻門可羅雀，不為世人所知，為了報答對方忍不住想替對方好好宣傳一番，此乃人之常情，尤其像我這種搖筆桿維生的人，如果故意隱瞞，人家的真心招待會變得毫無意義，也等於是恩將仇報，所以有時心裡真的很過意不去，但我還是決定貫徹這個方針。

2

舉個例子，關西地區的某縣有某個小鎮。那裡自古以來便被視為觀賞螢火蟲的知名景點，最近宣傳手法益發進步，每年一到初夏時節，就在京阪地區的報紙以高明的手法大做廣告。不少都會人士都被廣告吸引前去賞螢，但實際去了一看，一隻螢火蟲也找不到。這和事前聽說的落差太多，於是揪住當地居民或旅館女服務生一問之下，對方會說，客人你來早了一個禮拜，或是還得再過十天半個月才看得到云云。然而實際上既然已是螢火蟲的季節，只要有螢火蟲在就不可能不飛出來，老實說，那個地方其實已經沒有螢火蟲了。根據當地老人的說法，此處昔日以螢火蟲聞名，螢火蟲當然很多，但近年來遊客大增，旅館也競相蓋起高樓大廈，隨著鎮上日漸繁榮，螢火蟲也一年比一年少。究其原因，是螢火蟲討厭熱鬧場所。尤其討厭電燈的燈光，不巧旅館林立之處電燈偏偏特別多。玄關與走廊自然不消說，從院子到河畔，乃至附近山麓都牽了無數電燈。簡直像是專為趕走螢火蟲而裝設，如此燈火通明，螢火蟲就算想來也來不了，況且即使飛來了，螢光也完全被燈光蓋過，人類的肉眼自然看不見。雖是無心之過，但站在當地人的立場，為了吸引更多觀光客就得大做宣傳，宣傳之後生意興隆因此旅館的數量增加，旅館增加後競爭激烈因此為了吸引路人注意不得不點亮璀璨燈光。如此一來，好好的名勝景點終於變得有名無實。對了，最滑稽的是，為了逃避被廣告騙來的客人指責，當地人居然還從別處捕來少許螢火蟲放入庭院中虛應故事。另外，滋賀縣內的M這個地方，也是源氏螢這種大型螢火蟲的知名產地，近年來同樣大肆宣傳。我雖不曾去過，但此地每年都會進獻螢火蟲給皇宮，可見數量應該不少，但他們禁止捕捉螢火蟲，據說若違反規定還會課以罰款，所以到頭來同樣無法享受輕羅小扇撲流螢的樂趣，和前者半斤八兩。

3

位於瀨戶內海，隸屬廣島縣或愛媛縣的某地區有座小島。要前往當地，必須從中國或四國的港口搭乘小型蒸汽船，往返別府的那種大船不會停靠，所以京阪地區的人很少前往。島上雖也有兩、三家旅館，但規模都很小，而且樓下的店面往往還販售雜貨及食品，或以貨運行為本業，住宿費用也格外低廉。喜愛瀨戶內海的我，某次因故偶然路過那座小島，在下一班船抵達之前暫借某家旅館歇腳，我們一行二人從早上七點至下午四點占據二樓的一個房間，期間用了午餐，還讓旅館特地替我們燒熱水泡澡，最後結帳時僅需二圓，等於一個人只付區區一圓。不過，絕無房間不乾淨或食物難吃的問題。因為是小島，魚產非常新鮮。再加上四國的魚糕特別鮮美，不管去哪只要吃魚糕就絕對不會錯，那個小島也販賣伊豫[1]製作的魚糕。我泡澡出來後小睡片刻，舒適的寢具也令我大為感動。一般旅館的寢具，只有外面的被套使用絲綢，裡面塞的都是舊棉花。所以乍看之下光鮮亮麗，蓋起來卻很笨重。然而那家旅館反其道而行，外面的被套是棉布，裡面用的是新棉花。時值冬天，我蓋了兩床被子，本以為一定很重，可實際蓋上後並非如此，我這才發現旅館用的棉花有多麼高級。那家旅館事事皆如此細心周到，因此我很滿意，我向對方詢問島上可有供人戲水之處，如果有的話我想帶家人來玩，結果對方說，有的，每年都有一對洋人夫婦從神戶帶小孩來，每次都包下旅館的二樓，大約逗留十天。我再仔細一問，原來一百公尺之外的海岸雖然別無設備，卻是相當理想的海水浴場。二樓在走廊的右邊與左邊只不過各有一間和室，所以就算整個包下來也才二間，旅館的人說若要過夜的話一天一人二圓。於是，我暗自想像那個神戶的西洋人想必也是基於與前述德國人相同的理由，不願向任何人透露，自己一家人悄悄來這小島避暑。今日，有名的海水浴場幾乎沒有一處的海水是乾淨的。即使本來海水很乾淨，這麼多人跑來游泳也會弄髒，但這個小島的海水據說透明清冽，光是那樣想必就已令人心曠神怡。而且從

1 伊豫，位於愛媛縣中部，面臨伊豫灘。昔日為內海航線的重要港口。

神戶前來完全不用搭乘火車，這點在夏天尤其難能可貴，而且船票比火車票要便宜多了。再加上海邊閑靜，縱使把衣服脫下隨手一扔也毋須擔心被偷走，更不用擔心被人看到裸體。不過如果除了泡在海中之外別無娛樂會很無聊，幸好眾所周知，夏季的瀨戶內海平穩如池，所以可以自由自在地泛舟，搭乘小蒸汽船去附近列島及四國、中國的海港遊覽也是一樂。如此這般，那個神戶的西洋人發現了美妙的避暑地，悄悄享受，比起頂著大太陽遠道前往雲仙或青島、輕井澤那些度假勝地付出高額住宿費，這樣顯然明智多了。

4

近來的我，經常感到一種需求，我想找個完全聽不見電車與火車聲的地方，哪怕只有一天也好，悠哉地睡覺或思考。為此才會產生旅行的欲望，但是符合這種條件的場所似乎愈來愈少。不信翻開地圖看看就知道，狹長的國土上，鐵路網密密麻麻縱橫交錯，年年如血管末梢分枝不斷朝各個角落延伸，直至寸土不剩的狀態，聽不見汽笛聲的山間幽谷自然也日漸縮小。相對地，鐵路局、觀光局、旅遊推廣課這些宣傳機構精明地招攬客人，以致所有的名勝景點都失去當地的特色，成了都市的延伸。我討厭登山，所以沒見過日本阿爾卑斯山的熱鬧景象，但是本來山的好處，不就是可以領略超越塵世的雄偉壯闊感，呼吸未被人類汙染的清新空氣嗎？古人所謂與萬化瞑合，悟天地悠久，遨遊神仙合一之境，不正是登山的樂趣嗎？若果真如此，像今日的信越地方那樣大肆宣傳，等於已失去山岳的意義。昔日，小島烏水氏[2]等人率先宣揚當地的雪溪之美時，富士山是人人皆可去的庸俗之山，因此他們才建議開拓信越地方，然而如今

2 小島烏水（1873-1948），登山家、隨筆家。

那個地方恐怕比富士山更庸俗。明明稱為登山小屋即可，偏要講洋文稱為「Hutte」，還建造了東京市內隨處可見的「某某莊」那種旅館，由此想像，那裡非但不是超越塵世之地，恐怕還是最世俗的場所，雖在鄉下卻走在都市文化的尖端。因此真正想接觸山野靈氣的人，或者像昔日大峰山的苦行僧那種心懷虔誠有志登山的人，除了盡量物色不為世人所知的山岳地帶別無他法，實際上該怎麼做呢？首先要攤開地圖留意鐵路網眼較粗疏的地區，尋找那個範圍內的高山深谷。當然那種地方的山不會是名山，故在山峰的高度、山谷的深度、景觀之壯闊、風光之秀麗方面，可能比不上日本阿爾卑斯群山，但山不在高，貴在遠離人煙與都市塵囂，則此等凡山凡水反有山野之趣，或許更能洗滌沾滿塵俗的心靈與肚腸。對了，此點不限於山野，例如前述的賞螢景點、賞櫻或賞梅的名勝、溫泉、海水浴場等，舉凡天下著稱的一流地點多少都已被人糟蹋，諸位最好趁早認清這個事實，另去尋訪二流與三流場所，想必更能符合旅行或遊覽的目的。

5

因此，對於愛好清靜、享受寂寥旅程滋味的人，媒體的發達毋寧只會礙事，不過有時這樣多少也能帶來方便。因為最近去山上比去海邊更流行。昔日天氣熱的時候去海邊，天氣冷的時候去海邊，罹患肺病的時候還是去海邊；可是這年頭，夏季登山，冬日滑雪，連肺病患者也要曝曬紫外線云云，總之一窩蜂宣揚山的好處。我連近在眼前的甲子園球場都沒去參觀過，對於運動賽事向來漠不關心，可是到了冬天，沿線各個車站都會天天公告各地滑雪場的積雪量，廣播節目也會播報相關訊息，看了不得不深感訝異，到底有何好處值得大家那樣大肆騷動？不過，連廣播電台和鐵路局都如此大力推銷，本來寒假正猶豫該去哪玩的人們，這下子全都跑去積雪的山區了。換言之，這些觀光宣傳原來還具有把吵鬧的觀光客集中起來全都趕到一個地方去的功效。日前我也聽和氣律次郎[3]君表示，近來紀州的白濱盛大宣傳觀光，結果別府那邊變得生意冷清叫苦連天，不過我們國家的人民天性本來就是喜新厭舊，容易追逐流行熱潮，因此只要一個地方敲鑼打鼓大肆宣傳，就會一窩蜂湧去，其他的地方全都唱起空城計。所以不妨抓住這個竅門，反過來利用宣傳，專門去大家蜂擁而至的反方向，只要這麼花點心思，便可享受有趣的旅行。如果明確指出是何處未免違反原則因此不便告知，不過大體上，瀨戶內海的沿岸及列島，就這種角度而言應該算是清閒的所在吧。冬天去那一帶，氣溫非常溫暖。阪神地區當然也很溫暖，但那一帶更加暖和，一月底已早早有梅花零星綻放，還可以摘艾草來做艾草麻糬。可惜避寒客紛紛湧向白濱與別府、熱海等地，故每家旅館都乏人問津，倒也清閒。我最愛賞花，春天如果沒有看到絢爛的繁花勝景，總覺得沒有享受到春天，所以這時也同樣比照這個訣竅辦理。殷勤周到的鐵路局，等到每年山上的積雪融化不能再滑雪時就開始一點一滴地宣傳賞花，整個四月推出賞花列車自不待言，甚至還詳細公告下個星期天哪裡的花期正盛、哪裡的花開了七分等等，想要安靜賞花的人，只要刻意避開那些場所即可。之所以這麼說，是因為賞花不見得非得去風景名勝區，只要有一棵開得燦爛的櫻花樹，在那棵樹下張起帷幕，打開餐盒，便可悠然享受美景。而且只要有這個心，毋須搭乘火車或電車，比方說就在我現在住的這個精道村後山找個無人知曉的山谷或台地，反而會發現最美的繁花與場所。

6

又及，有一點我想悄悄告知大阪地區的諸位讀者，其實，桃花盛開

3 和氣律次郎（1888-1975），新聞記者、翻譯家。昭和初年任職《大阪每日新聞》報社時是谷崎的責編。

時，搭乘關西線的火車欣賞春天的大和路美景是我平生樂事之一。眾所周知，行駛那一帶的電車每到賞花季節每條線路都爆滿，硬是超載擠滿乘客，許是因為勉強加速，每每發生失誤，這種時候，諸位不妨試著搭乘自湊町出發，穿越前兩年據說地層滑落過的某村隧道，途經柏原、王寺、法隆寺、大和小泉、郡山等小車站前往奈良的火車。大阪電氣軌道公司（簡稱大軌）的電車大約需時四、五十分鐘，若是這條線的普通列車需時一小時又十二、三分鐘，但是如果搭乘快車就失去遊覽的意義，因此還是各站停車的火車最好。搭乘之後首先驚訝的是，電車那麼擁擠，火車卻幾乎空無一人，一節車廂內的乘客屈指可數。三等車廂尚且如此，因此若搭乘二等車廂絕對不會錯。話說回來，在那寬敞的座位伸長雙腿，任由匡噹停下又匡噹啟動的悠長列車一路搖晃，看著雲蒸霞蔚的大和平野的森林、山丘、田園、村落、寺塔等等充滿武陵桃源風情的景色在窗外閃現又流逝，不知不覺渾然忘卻時間。對於列車幾時抵達奈良，如今駛至何處，下一站是哪一站已完全不再關心。列車永無休止地重複匡噹停車匡噹啟動，窗外永遠是霧濛濛的平疇原野，彷彿沒有日落的時候。我尤其喜愛在春雨綿綿的午後搭乘這班火車，這種時候身體格外慵懶無力，不由昏昏沉沉打起瞌睡，不時又被火車匡噹啟動給驚醒，只見車窗玻璃籠罩白濛濛的水蒸氣，外面的平野上，細如貓毛的雨絲比霧氣更溫暖地氤氳瀰漫，籠罩遠方的寺塔與森林。在抵達奈良之前的一個多小時車程中，只感到無限平和。如果時間充裕，還可以搭乘櫻井線迂迴而行，穿過高田、畝傍、香久山一帶，途經櫻井、三輪、丹波市、櫟本、帶解等車站前往奈良。比起美其名曰大和巡禮，實則只是匆匆忙忙走馬看花的遊覽方式，到頭來還是在這火車上的數小時——而且是令人感到無限悠久的數小時——心情最為舒坦快活，想必會領悟真正千金不換的滋味。然而，只為了節省那麼一丁點時間與車費，居然有那麼多人寧可去擠電車，實在令我深感不可思議。想必是因為追求快速已成為時代的潮流，故不知不覺中一般民眾對時間喪失耐心，再也無法從容不迫地專注在一件事物上。若果真如此，找回這種從容不迫也是一種精神修養，建議各位不妨搭乘一次那種火車。

7

我從東京回大阪，經常搭乘晚間十一點二十分自東京車站發車的第三十七次列車。這不是急行列車，是唯一一班附帶二等臥鋪車廂開往大阪的列車，但到目前為止，我從未碰上臨時購買臥鋪卻已售罄的經驗。我是買下鋪，無論是春假或年底，任何顛峰時間絕對都買得到票。一般日子似乎上車後再補票也行。行駛東海道路線的臥鋪如此冷清的景象恐怕只有在這班列車才見得到，究其原因，是因為並非急行列車。這班車在前述時刻從東京出發，翌日上午十一點四十五分抵達大阪，行車時間共計十二小時又二十五分，與普通急行列車相比，只多了不到一小時。就在那班列車前面出發的第七次列車，號稱是開往下關的急行列車，晚間十一點自東京出發，抵達大阪是翌日上午十點三十四分，亦即費時十一小時又三十四分，所以時間其實相差無幾，但這班列車生意相當興隆。一方面是因為大家都被「急行」之名欺騙，不知道除了急行列車也有加掛臥鋪車廂的列車，但最主要的原因，想必還是因為普通車停靠的車站太多，匡噹匡噹地一再停車又啟動令人不耐煩吧。不過，只要上車後立刻鑽進臥鋪，一覺睡到明早七、八點就完全沒感覺，因為車子過了京都便不再停靠任何車站，會令人不耐煩的路段頂多只有愛知縣大府一帶至京都，就時間而言大約三個半小時，其間只不過比急行列車多停了六站。這年頭精明世故的人，只為了那點小小的不耐煩就買急行車票好像也太可笑了，不過多虧這種急性子的人很多，我經常搭乘的那班普通車才能如此空曠，這麼一想，倒也不能一概報以嘲笑。不過，也有人抗議普通車停停走走每次都會被吵醒難以入眠，所以像這種人我就不推薦這班火車了。但是相反的，也有人養成非得像臥鋪那樣搖晃才睡得著的怪癖，甚至極端地在自家床鋪底下裝設馬達。我還不至於到那種地步，但我本來就很容易入睡，因此在火車上也睡得很好。搭乘北上夜車時總是連箱根山都沒看到，有時甚至一覺睡到橫濱，必須讓列車服務員喊我兩、三次才會醒過來，去年年底迄今我已去了三次東京，但直到日前搭乘燕子號回大阪還是沒見過丹那隧道。以我這種德性，搭乘第三十七次列車恰恰好，不僅可以好好睡一覺，而且醒來就天亮了，完全不耽誤時間。我通常都是早上八點車子經過名古屋一帶時醒來，像這種普通列車的二等車廂幾乎沒有新的乘客上車。況且又是臥鋪車廂，所以我一個人占領整條長長的座椅躺平，睡不夠的話還可以補個回籠覺。況且，這一帶——大垣、關原、柏原、醒井等地前往米原，沿著琵琶湖沿岸直至大津的風光，雖已見過多次，卻始終百看不厭。當然，這或許是我一己之見，但沿著東海道南下，就我從火車車窗所見，直到名古屋為止，房子的建築方式及自然風物都帶有東京的氣息，可過了名古屋後那些就完全絕跡，明顯可以感到進入關西的勢力範圍。話說回來，在臥鋪熟睡一夜後，倏然睜眼，只見窗外已是關西景色，那種早晨的心情難以言喻。一方面或許也是因為我去東京多半沒什麼好事，滯留東京期間一連串兵荒馬亂、灰頭土臉的生活，至此終於斷然結束。我讓人把臥鋪收拾好後每每總想再睡一場，但是看到關原一帶柿樹成林的村落風情，以及農家的白牆後，忍不住盯著出神，就此忘記睡覺。不，老實說，我想找份好幾天沒看的大阪報紙滿足懷念之情，在名古屋車站還特地請服務員替我買來報紙，可是此刻我連報紙都扔到一旁，只顧著緊靠車窗眺望。火車自大垣出發後，經過醒井，停靠米原，停靠彥根，停靠能登川，停靠近江八幡，停靠草津，停靠大津。但我始終沒有失去耐心，也不覺無聊。若是搭乘燕子號，會非常快速駛過這一帶，令人扼腕，不過若是這班普通車，經過關原時走得很慢，可以看清彥根城的天守閣建築至安土、佐河山一帶的地勢，也是一種樂趣。尤其帶著小孩同行時，行經這一帶的車速如果不這麼緩慢，還真不好解說沿途的史蹟。於是我在想，何不把短時間內盡量長途遠征的快速旅行反向操作，稍微獎勵一下在狹小範圍內盡量長時間四處漫遊的旅行方式？如果按照這種方式徒步旅行，過去不當回事匆匆經過的土地，或可發現意外的趣味。當然，我們不可能全程徒步，但連幾步路都懶得走，一路飛車經過的毛病實在不可取。那樣完全沒有所謂的旅情，無論經過何處都不會留下任何印象。

8

順便一提，搭乘火車每每感到不快的，是乘客欠缺公德心。這點已有許多人提醒也大力呼籲過，尤其是《朝日新聞》的專欄「天聲人語」似乎經常發出警告，的確，大阪人在這點是比東京人不講究。我最近事事都偏愛大阪，唯獨在這方面，大阪人就是比不上東京人。甚至連大阪人自己都說，旅行外地時如果搭乘火車之類的遇上大阪人，會很不愉快。因為，凡是全家霸占二等車廂，旁若無人地占領寬敞的席次，不守規矩地大吃大喝，毫不客氣地大聲喧嘩，把橘子皮或便當殘骸丟得滿地都是，向陌生人隨意搭訕……這種不守禮儀的人，必然都是大阪人。即便外人無法辨識，身為同鄉的大阪人還是一眼就認得出來。賞花時節的大軌電車及京阪電車經常會見到那種狼藉胡鬧，到了外地照樣不改老毛病，若是在本地的郊外電車，大家都是那副德性所以無可厚非，但在旅行地點這麼做，大阪人的缺點會顯得格外露骨，雖是同鄉人，還是會很受不了。不過東京人也沒有資格嘲笑大阪人。我們的缺乏公德心，源自遙遠的封建時代生活形式由來已久，況且也與我國固有的淳風美俗有所關聯，因此有時必須斟情考量，想必也不容易在各方面都徹底矯正，不過看到火車上的樣子，枉費我們號稱亞洲盟主或三大強國之一的一等國民，實在不成體統。據說二等車廂的乘客比三等車廂更惡行惡狀，至少有教養的人士如果和一般大眾一樣不守規矩，帶給他人的不快不可同日而語。比方說——這其實只是一點小事，去餐車時，或去廁所時，無人將走道的門關緊後再去。若是冬天，只要稍有縫隙，冷空氣就會鑽進來，更何況廁所旁邊還有臭氣襲來，明明大家都知道，卻總是反手把門啪地隨便一關，也沒回頭看一下就走掉了，因此往往還留有一、兩寸的門縫，必須等某人去重新關好。位子靠近出入口的人可倒楣了，被迫一再執行這個任務。儘管心中憤懣不平為何只有自己一個人必須這麼做，可如果放任不管，到頭來自己會第一個承受寒風與臭氣攻擊，因此還是不得不出手。照理說人人應該都有可能遭遇這種倒楣事，可自己經過時照樣不當回事地給別人添麻煩。最令人氣憤的是，每當一群人從餐車回來叼著牙籤大搖大擺絡繹走過時，走在最後面的人總是不關門，大概是在暗示待會還要再過來，就這麼敞著門揚長而去。還有，火車的廁所每次用完可以沖水，甚至還寫了使用說明提醒大家，可是真正這麼做的人百人無一。不，不僅如此，在洗手間洗了臉也不把汙水放掉。後來的人不得不先把前人用過的水放掉。這些行為不啻等同於上完廁所不擦屁股，用不著談什麼複雜的公德心，就常識判斷也應該知道，可是無人感到訝異，無人覺得羞恥，實在令人不得不喟嘆真是不可思議的文明國民。當然日本人這種壞毛病不只限於火車上，但火車的情形最慘不忍睹，就連在其他場所守規矩的人，到了火車上也會立刻忘記平時的教養，真真是不可思議到極點。

9

冬天旅行最困擾的，就是火車、汽船、飯店、旅館、電車、汽車等暖氣設備的有無，而且溫度高低不一，因此很容易感冒。帶著孱弱的婦孺同行時，尤其令人擔心。不過，大樓的冷氣也會讓人感冒，所以這種追求方便反而產生不便的現象，在都市日常生活也經常發生，不過旅行時，會在一天之中頻繁遭遇溫度變化，而且那種變化有時出現得非常意外。這讓我想起，某年冬天，我在深夜十二點從高濱搭乘別府航線的船隻，當時船上還有兩、三間空著的船室，服務生說「這間最暖和」，領我去了其中一間，結果室內的暖氣開到最強，弄得非常熱。但我以為只要睡著了就好，盡量穿著單薄的衣物就寢，沒想到愈睡愈熱，簡直像在洗三溫暖。最後我連內衣都脫了，渾身光溜溜的只披著一件浴衣，還把毯子也掀開，卻依然汗如泉湧。害我整晚都翻來覆去苦惱呻吟。基本上，船艙本就狹小，又通風不良，而且靠近鍋爐，因此就算沒有暖氣也不怕受寒，可是船員以為弄得那麼熱才是禮遇乘客，不得不令人懷疑他們到底有無常識。除此之外，若是不足五百噸的小蒸汽船通常沒有附帶個人船室，有一次我從瀨戶內海的小島前往另一座島，就是搭乘那種船，走進擁擠的大船艙一看，撲面而來的熱氣令人作嘔，頓時汗如雨下。更慘的是，回程本已做好要再被悶煮一遍的心理準備，不料這次船客稀少，大約是為了節省暖氣，諾大的船艙只放了一個炭火快要熄滅的火盆。而且三面有窗，從縫隙透進來的刺骨冷風別提有多難受了。這樣忽熱忽冷劇烈變化下，就算是再怎麼小心的人也會感冒，不過一般說來，比起過冷，還是過熱更令人困擾。就拿火車來說，搭乘東海道的急行列車時暖氣也開得非常熱。晚上倒還不至於，然而白天天氣晴朗時，透過車窗玻璃射入的陽光本來就夠熱了，再加上還有那麼多乘客散發出的體熱，難道就不能稍微調節一下溫度嗎？或許是我容易腦充血所以比一般人更敏感一倍，但我希望諸位考慮一下，今日大多數的日本人可是住在沒有暖氣設備的房子。想到那種熱度，我就提不起勁在冬天搭乘白天的火車往返東海道。尤其是名古屋至靜岡、沼津之間，午後日光不僅強烈，而且正值最無聊的時間，整個人簡直被熱氣煮熟了，既無閱讀報章雜誌的力氣，也無心眺望窗外的風景，只是拼命打瞌睡。而且那不是如沐春風的舒坦瞌睡，是醒來只覺渾身冒汗弄得黏糊糊，關節到處痠疼，嘴裡乾渴，反而愈睡愈疲倦的那種睡法。另外，因此導致喉嚨痛、頭痛、頭暈腦脹的人想必也不在少數。說到這裡，西洋人能夠在熱得要命的室內照常辦公或談笑每每令我驚詫不已，不過換個角度看，日本的鐵路局，說不定至今還留有明治時代那種不管日本人死活一味迎合西洋人的殖民地奴性。

10

年輕時會覺得西式飯店也不壞，但年老後在各方面都會開始懷念日本旅舍。以我個人為例，昔日絕對不去沒有飯店的地方，如今卻正好相反，即便忍受些許不便也會選日式旅館。不，忍受那種不便才會萌生難以言喻的旅情，因此服務太過周到、太有都市風格的便利待遇，反而無法苟同。因此我去陌生的地方過夜時，會先向人打聽或閱讀遊記，調查兩、三家旅館名稱後，先從那些旅館門前走過一次。從車站搭乘汽車前往時絕對不會讓司機把車直抵旅館門口，我會讓司機經過兩、三家旅館門前，看清店面後再做決定。傍晚抵達目的地之後，一邊想像會有什麼樣的旅館等著自己，一邊懷抱著淡淡的鄉愁與好奇心、疲勞與飢餓感，在華燈初上的鄉下街頭四處流連的氛圍——尚未決定今宵投宿何處，徘徊在十字路口或在橋上獨立蒼茫時的心情——青年時代生活放蕩的我，迄今仍對這種感傷的夕暮昏黃抱有憧憬，那也是吸引我踏上旅程的一種魅惑，不過話說回來，在這種場合，若說什麼樣式的旅館最令人有投宿的意願，比起過於現代感的類型，略顯幾分落伍，彷彿默阿彌[4]的歌舞伎庶民劇本或長谷川伸[5]君的流浪故事會出現的那種傳統旅舍，簡而言之不是「旅館」而是像江戶時代的「旅籠屋」會更吸引人。然而，近來自豪在當地歷史悠久的一流旅館，紛紛從旅籠屋轉型為旅館。他們將繼承自父祖輩的傳統店面原封不動地保

4 河竹默阿彌（1816-1893），幕府末期至明治時代的歌舞伎狂言作者。

5 長谷川伸（1884-1963），小說家、劇作家。

持，在別處另外建造所謂的「別館」，但那並不符合我的喜好。我還是喜歡簷深、縱長的店面面向街道，一走進玄關口，正面就是寬幅樓梯，從二樓的欄杆可以俯瞰街上行人——而且最好盡量格局方正，比方說像古市[6]的「油屋」、琴平[7]的「虎屋」那種建築，不過有時偶爾也想在落魄冷清的車站下車，找個車站前會有的小旅社稍微住上一晚。而且這種日式房間用的木料，泛著陳年黑光的絕對比嶄新的更有令人發思古幽情的沉靜感，不免遙想起當地的歷史與傳說。不過像這種旅社，設備都是舊式的，因此無庸贅言，自己必須先做好忍受種種不便的心理準備。首先就必須對沒有暖氣認命。即便天氣再冷，頂多只有暖桌、地爐、熱水袋，別的無法奢望。廁所也不可能是沖洗式。至於飯菜，更是只有簡單的小菜，雖然擺在桌上看起來五顏六色，但味道通常難以下嚥，不得不感到京阪方言所謂的「索然無味」。不過，歷史悠久的壁龕裝飾柱、書齋及簷廊的拉門樣式，門口上方及欄杆的雕刻，中庭的青苔及燈籠及樹木，處處給人恢弘大氣之感的房間才是無上饗宴。而且，愈是這樣的旅館，對別的事情倒是不在乎，唯獨對壁龕的擺設特別精心布置，私下對掛軸與插花格外用心。以前我經常造訪山陰地區某城市的旅館，近年來被當地出現的新式旅館打壓得似乎生意一落千丈，但如果事先打電報訂房後再去，壁龕的插花會特地換過。而且那不是自暴自棄隨意亂插，是在上方有盤形寬口的花瓶中，仔細將枝條擺出天地人之位[8]的插花方式。我向女服務生探聽之下才知店主習得未生流花道，因此是自己親手插的花，那花一看就很有沒落的鄉下旅館老闆消磨時光的風格，無論如何，拜那端正的插花所賜，給人一種待客殷勤、有禮之感。另外，舉凡桌子、衣架、臂枕、菸草盆、火盆、硯盒之類的物品，不用現代化製品，卻選用堅固耐用古色古香的名家之作，似乎多

6 古市，三重縣伊勢市的地名。油屋是當地首屈一指的青樓。
7 琴平，香川縣的溫泉鄉。虎屋是當地歷史悠久的旅館。
8 運用插花的枝條形成三角形代表天、地、人，象徵宇宙萬物。

半也是這種旅館。不過，那倒不是像近來東京地區的餐館想炫耀那些物品的骨董價值，純粹只是因為祖先代代使用，所以即使不合乎現在的流行，但東西還能用就湊合著繼續使用。相對地，在那種旅館，外出時有人來訪也不會通知你，要拜託他們做事也得大費周章，一大清早服務人員就把遮雨板通通打開……會碰上種種不便，因此必須抱著修身養性、培養耐心的心理準備去投宿。我之所以盡量避免在冬天去那種旅社，就是因為雖然我不太怕冷，但是抱著事事忍耐的心態住進去後最後多半落得感冒的下場。

11

住宿日本旅社讓我感到不舒服的現象之一，就是女服務生進出房間時總是敞著門不關。這和前述的火車車廂門一樣，是日本人的壞毛病，在一般家庭的日常生活也經常看得到，但在旅社是和陌生人比鄰而居，所以我很希望對方在這方面的神經能稍微敏銳一點，可是走進房間對客人說話時，還記得關上與走廊相鄰的那扇門的女服務生實在不多。那也就算了，問題是女服務生離開時大抵也不會關門。或許是要一再送餐點與酒瓶進來因此懶得每次都開開關關，但就算如此，也沒理由連她去廚房的時候都把門開著。先不說別的，靠外側那個房間放著我的衣物及隨身物品，讓人從走廊一覽無遺不僅不安全，冬天也會因此更冷，所以有時我會大動肝火。之所以這麼說，是因為室內本來就沒有暖爐難以取暖，只能靠燒木炭或鑽進暖桌取暖勉強忍受，這時女服務生進來害我再次冷得直打哆嗦。也難怪會冷，從走廊經過外側房間到我待的房間要經過二扇門，結果她一扇也沒關。如果冬天投宿這種旅館，十之八九會落到這種下場，我每次都百思不解，這點小事為何平時不好好教導女服務生。還有另一樁怪事，就是即使我詢問火車、汽船的班次時間或遊覽路線以及其他當地景點，也沒有一個女服務生能夠明快地回答我，不管我問什麼，女服務生都只會說「我不知道，我去問一下領班」。的確，與其做出錯誤的答覆不如先去問清楚再回答最妥當，但我問的又不是什麼艱深奧妙的問題，只不過是問距離某某處大約幾里，坐車的話大概要幾分鐘，車錢多少。只要是在本地長大念過小學的人應該都知道。我是看服務生除了跪坐替我服務時之外無話可說所以才隨便問問，但對方從來不肯爽快回答。他們只會用「不知道」搪塞，在嘴裡含糊其詞，低頭嘻嘻笑。像這種話題，就算是澡堂替人擦背的，只要是男的好歹都稍微懂得一二；可是女人本來就對地理歷史的興致不高，就連自己生長的土地，除非有人特地告訴她，否則想必也不會主動去了解。況且，這或許也間接證明旅館的女服務生多半是外地人，本地人寥寥無幾。但不管怎麼說，如今教育普及，連那麼簡單的問題都答不出來未免太誇張，這點我希望旅館的老闆或領班能夠多多注意，傳授一點關於當地的基本常識，不過光是口頭教學不管用，所以偶爾還得辦個遠足活動，先讓他們見識一下附近的名勝古蹟，不僅可以實地教學也可順便慰勞員工。好歹身為服務業者，這點準備也是應該的吧。

12

根據飯店業者表示，西洋人若是碰上飯店稍有疏失絕對不會忍氣吞聲，只要哪裡不滿意立刻會批評，但日本人相反，大抵上都會忍耐，所以業者反而不知該如何對待這種客人。不過，旅行要盡量舒適——最好和待在自家毫無分別，充滿安樂、溫馨的氣氛——若是現代人的想法，那麼旅館方面當然會競相添置符合這種要求的設備，但我認為，我們也不該捨棄昔日那種「真心疼小孩就該讓小孩出門歷練」的想法。而且要利用出外旅行的機會，矯正挑食、睡懶覺、不愛運動以及其他各種壞習慣，至少在旅行期間不能挑三揀四，必須養成忍受困難的習慣。就我個人而言，基於職業的關係，需要轉換心情與環境的變化，有時必須從一成不變的日常生活抽離自我，因此基於那種目的去旅行時，我往往會變換服裝與姓名，搭乘火車或汽船時故意選三等席次，或者投宿廉價小旅館。實際上，像我這種職業的人，去了鄉下恐怕會被當成宣傳工具，或者被新聞記者及文學青年以好奇的眼光看待，因此如果不這樣小心防範，根本無法孤獨地旅行。況且，換個姓名及穿著，好像就完全換了一個人去見識遼闊的世間，光是這樣已是一種趣味。許是因為我天性怕羞，旁人得知我是小說家把我當成老師看待，我會覺得很尷尬，緊張得渾身僵硬，因此用假名出門的話，在旅行地點可以自由與人交談，也可以找到意外的旅伴。就這個角度而言，搭船時我特別喜愛三等艙。若是出國那種長途航行我不清楚，但搭船旅行紀州及瀨戶內海時，進了頭等艙的當天，船長和事務長之類的人物就會跑來寒暄致意，再不然就是要和同室的旅客交換名片很麻煩，可是如果混進三等艙的乘客當中躺在擁擠的大通鋪，誰也不會來管我，可以非常悠哉。像這種時候，我會豎起耳朵聽我身邊的鄉下老頭子老太婆，還有似乎是放假返鄉的年輕女傭們閒聊，興致來時也會主動和他們聊上兩句，大阪及阪神沿線似乎有很多來自四國地區的女傭，開往別府的三等艙裡，經常會與那樣的一群少女同行。不過，仔細想想，偶爾嘗試這種三等旅行見識不同的世界，不僅對小說家有用，對於政治家、企業家、宗教家，想必都大有必要吧。

廁所種種

1

關於廁所，最令我難以忘懷，至今仍不時想起的，是在大和上市某家烏龍麵店的遭遇。當時我忽有便意，向店家詢問後，對方帶我去的，是屋後面臨吉野川河岸的廁所，那種臨河而建的房子，通常往後面走的話一樓就會變成二樓，底下又出現一層房間。那家烏龍麵店也是這種格局，所以廁所等於位在二樓，我跨在溝上低頭一看，令人頭暈眼花的遙遠下方就是河岸的泥土與野草，還可清楚看見田裡有油菜花綻放，蝴蝶翩翩飛舞，路上有行人來往。換言之，唯有廁所是從二樓突出於河岸的崖上。我腳踩的板子底下除了空氣別無他物。從我的肛門排泄出的固體，墜落數十公尺下的虛空，掠過蝴蝶的翅膀與路人的頭頂，落入糞坑。就連那種墜落的情景，皆可從上方看得一清二楚，唯獨聽不見青蛙跳水似的噗通聲，也聞不到臭氣。先不談別的，從那麼高的地方俯瞰糞坑本身，首先就完全不覺汙穢。我想在飛機上如廁大抵就是這種感覺，不過糞便墜落時還有蝴蝶翩翩飛舞，底下甚至有真正的菜園，如此風雅的廁所倒是難得一見。不過，這種情況下，如廁者倒還好，真正倒楣的是經過下方的人。河岸遼闊所以沿著房屋後方有田地，有花圃，也有晒衣場，自然會有人在附近打轉，不可能始終注意頭上的動靜，所以如果不豎立牌子提醒大家「上方有廁所」，恐怕有人會一不小心經過正下方。如此一來，說不定哪天就不幸遭到米田共的洗禮。

2

都市的廁所在清潔方面沒話說，可惜就是少了點風雅趣味。鄉下的土地寬廣，周遭又有茂密樹木，故通常主屋與廁所是分開的，其間以走廊相連。紀州下里的懸泉堂（佐藤春夫的故鄉老家）建地雖不大，但我聽說院子超過三千坪。我去的時候是夏天，通往院子的長長走廊突出，位於走廊末端的廁所就藏在蔥鬱的綠蔭深處。這樣臭味會立刻在四周清新的空氣中消散無蹤，所以感覺就像在涼亭休憩，完全不覺得骯髒。簡而言之，廁所似乎盡量選擇親近土地，接近大自然的場所設置為宜。最好和蹲在草叢中仰望藍天拉野屎差不多程度，盡可能粗曠簡樸、原始的廁所會更舒坦。

3

說來已是將近二十年前的往事了，名畫家長野草風自名古屋旅行歸來，談到名古屋這個都市的文化相當進步，市民生活水準也不比大阪或京都差，他是根據什麼有此感想呢？據說是應邀去各家作客時，聞到廁所的氣味才這麼想。據草風氏表示，饒是打掃得再怎麼乾淨的廁所，必然也會有淡淡異味。那是除臭藥的氣味、屎尿味、院子的雜草、泥土、青苔等等氣味混合而成，而且每家的氣味各有微妙差異，高雅的人家自有高雅的氣味。故只要聞廁所的味道，大致便可了解那戶人家的品格，足以想像他們過著何種生活。據說名古屋那些上流家庭的廁所一律都有古典優雅的氣味。沒錯，被他這麼一說，廁所的氣味的確伴隨一種令人緬懷的甘美回憶。比方說異鄉遊子在多年之後重返老家，上廁所聞到昔日熟悉的氣味時，種種童年記憶頓時重現心頭，真的會湧上「我回到家了」那種親切感。對於常去的餐館或茶店，想必也有同樣情形。平時沒放在心上，但偶爾上門光顧進入那家店的廁所時，在店內度過的歡樂時光頓時紛然呈現，緩緩勾起昔日的冶遊情懷及風月情調。還有，這麼說或許很可笑，但我認為廁所的氣味或許還有鎮定神經的功效。眾所皆知，廁所是最適合冥想的場所，但這年頭的沖洗式廁所，很難做到這一點。之所以這麼說，當然還有其他種種原因，但想必與沖洗式廁所只注重乾淨，卻少了草風氏所謂的高尚氣息、優雅氣息大有關係。

4

志賀君曾從已故的芥川龍之介那裡聽說一則倪雲林的廁所軼聞。雲林此人似乎有中國人之中罕見的潔癖，據說他蒐集大量的飛蛾翅膀裝入罈中，放在廁所的地板下方，然後在上方拉屎。換言之，應該類似在糞坑鋪滿翅膀來代替沙子，說到飛蛾的翅膀，那可是柔若無物輕飄飄的東西，所以掉落的米田共立刻會被埋入其中消失無形。想來，論及廁所的設備自古以來沒有比這更奢侈的。蓄糞池就算打造得再怎麼精緻美觀、如何費盡心思講求衛生，想像起來難免還是有汙穢之感，唯獨這種蛾翅廁所，怎麼想都很美。糞便從上方倏然掉落，無數透明翅膀嘩地如煙飄揚，那是乾燥薄脆、蘊含金褐色底光、宛如單薄雲母片的大批碎片，而且甚至還來不及看清掉落的是什麼，那團固體已被吞沒在成堆的碎片之中，因此，縱然極盡想像力之能事，也不會有絲毫汙穢感。另一個驚人之處，就是蒐集這麼多翅膀所費的人力物力。若是在鄉下，夏日夜晚自然有數不清的飛蛾飛來，然而為了現在說的這個使用目的，恐怕需要極為大量的翅膀。而且想必每次如廁後都得一次又一次更換新的翅膀。肯定是派出大量人手，於夏季捕捉成千上萬隻的飛蛾，事先儲備一整年的使用量吧。如此說來，實在極盡奢華之能事，也只有古老的中國才辦得到。

5

倪雲林的這番苦心，想必是要讓自己的排泄物絕對不會被自己看見。當然，即便是普通廁所，除非刻意要去看，否則應該看不見，但或許如同「自找刺激」的心態，人有時也會有「自找汙穢」的心態。既然看得見，難免有機會目睹，因此還是在設備上斷絕目睹的可能性最好，我想最簡單的方法應該是讓地板下方一片漆黑。這個說穿了不值一提，只要把掏糞口的蓋子關緊，不要隨意打開，光是那樣就已足夠隔絕光線，只不過最近許多家庭都疏忽了這個問題。進而，將地板與蓄糞池的距離拉遠，使上方的光線無法照到地下。

6

若是沖洗式廁所，即便不想看到自己的排泄物也清晰可見。尤其若非西方的坐式馬桶，而是日本的蹲式馬桶，沖水時水流就在自己的屁股底下打轉。如果吃了不易消化的食物時可以輕易發現，倒是頗具保健功效，但仔細想想實在不雅，至少對於雲鬢花顏的東方美人而言，絕對不想上這種廁所。身分高貴的淑女，最好不知道自己排出的東西是什麼形狀，就算是假裝的也該裝出不知情的樣子。是故，若讓我隨心所欲地打造廁所，我肯定還是會避開沖洗式廁所，選擇傳統樣式，不過，最好能將蓄糞池的位置遠離廁所，比方說設在後院的花圃或菜園之類的地方。換言之，從廁所的地板下方至蓄糞池之間最好有點坡度，用汙水管或什麼的讓排泄物流過去。如此一來，地板下方沒有光線射入的入口，變得一片漆黑。或許甚至會隱約帶有冥想氛圍的高雅氣息，至少絕對不會有惱人的惡臭。況且，不是從廁所底下掏糞，所以也毋須擔心正在上廁所時會有人前來掏挖，上演奪門而逃的醜態。若是種菜種花的家庭，這樣將蓄糞池設在別處也更容易取得肥料。我記得昔日的「大正廁所」就是這種形式，若是住在有大片土地可供利用的郊外，這種廁所絕對比沖洗式廁所更值得推薦。

7

說到小便池，若是鋪滿杉葉當然最風雅，但我對那個有點敬謝不敏，因為冬天會冒出大量蒸氣。那本是理所當然，由於有杉葉，尿液自然無法暢快流走，只能慢悠悠在葉片與葉片之間輾轉滴落，小便時會有熱騰騰的蒸氣大量升至臉前，若是自己的排泄物尚可忍耐，萬一碰上前面有人剛上過廁所，就得耐心等待蒸氣完全消散為止。

8

有些餐館或茶店會焚燒丁香來除臭，但廁所還是使用傳統的樟腦或奈丸散發出廁所該有的清潔氣味即可，最好不要使用太香的香料。否則，就會像檀香用於治療花柳病的藥物後從此失去珍貴感。說到丁香，在古代本是引人遐想的香料，一旦與廁所聯想到一塊就完了。從此就算標榜是「丁香浴」，恐怕也無人敢浸泡。我深愛丁香的氣味，故特此忠告。

9

在學校學到「想上廁所」的英文是「I want to wash my hands」，實際如何呢？我沒去過西方，但在中國，住在天津的英國人飯店時，當我小聲問餐廳的服務生「Where is toilet room」，對方卻大聲反問「W.C.?」令我很錯愕。更困擾的是，在杭州的中國人旅館忽然拉肚子，我說「廁所在哪」，服務生立刻帶路倒是沒問題，可不巧那裡只有小便池。我當下手足無措。因為我沒學過「上大號」的英文。後來，我試著表達「是另一種廁所」，但服務生始終聽不懂。別的事情或許還可以比手畫腳說明，唯獨此事沒勇氣比劃，後來我實在憋不住，弄得自己非常尷尬，由於有過這樣的經驗，故我認為應該先把這種場合使用的英文學起來，可我其實到現在還是不知該怎麼說。

10

不慎誤開有人使用的廁所，會失聲驚呼「啊，有人在」。這時候的「有人在」用英文該怎麼說各位知道嗎——這個問題，是很久以前在某個聚會場合，近松秋江氏[1]提出的。想必秋江氏曾在飯店或哪裡的廁所聽過西洋人怎麼說。這種時候要說「someone in」——當時秋江氏如此揭曉答案，爾來二十有餘年，然我尚無機會實際應用這句英文。

11

濱本浩[2]君任職改造社時會去京都出差，某次造訪我位於岡本的住處，回程在梅田開往京都的火車上上廁所，因關門太用力導致握把脫落，這下子門打不開了。雖然他又是吼叫又是敲門，但在奔馳的火車中自然無人聽見。無奈之下，他只好認命做好暫時出不去的心理準備，撿起掉落的握把，用那前端不停敲門。這時大概是某個乘客察覺不對勁通知了車掌，據說在抵達京都前總算是把門打開讓他重獲自由。我聽了這個故事後，從此進入火車上的廁所時，總是特別留意輕輕開關門。因為若是普通列車，還可以在停靠下一站時打開窗戶求救，但是碰上夜行快車這種災難，不知還得被迫受困幾個小時。

1 近松秋江（1876-1944），小說家、評論家。

2 濱本浩（1891-1959），本為改造社的編輯，擔任谷崎的責任編輯受到賞識，後離職成為作家。

陰翳禮讚

作　　者　谷崎潤一郎
譯　　者　劉子倩
主　　編　林玟萱

總 編 輯　李映慧
執 行 長　陳旭華（ymal@ms14.hinet.net）

社　　長　郭重興
發行人兼出版總監　曾大福
出　　版　大牌出版 / 遠足文化事業股份有限公司
發　　行　遠足文化事業股份有限公司
地　　址　23141 新北市新店區民權路 108-2 號 9 樓
電　　話　+886- 2- 2218-1417
傳　　真　+886- 2- 8667-1851

印務協理　江域平
封面設計　許晉維
印　　製　成陽印刷股份有限公司
法律顧問　華洋法律事務所　蘇文生律師

定　　價　380 元
一　　版　2016 年 12 月
三　　版　2022 年 09 月

E-ISBN
9786267191095 (PDF)
9786267191101 (EPUB)

國家圖書館出版品預行編目資料

陰翳禮讚 / 谷崎潤一郎 著 ; 劉子倩 譯 . -- 三版 . -- 新北市 :
大牌出版 ; 遠足文化事業股份有限公司 , 2022.09
面 ;　公分

ISBN 978-626-7191-02-6 (精裝)

861.67　　111012498